西村京太郎『旅情』系列

神秘列车谋杀案

[日]西村京太郎 著

杨军 译

群众出版社

图字：01－2012－1640

图书在版编目（CIP）数据

神秘列车谋杀案／（日）西村京太郎著；杨军译．—北京：群众出版社，2013.8

（西村京太郎“旅情”系列）

ISBN 978－7－5014－5143－2

Ⅰ.①神…　Ⅱ.①西…②杨　Ⅲ.①侦探小说—日本—现代　Ⅳ.①I313.45

中国版本图书馆 CIP 数据核字（2013）第 135037 号

神秘列车谋杀案

［日］西村京太郎　著

杨　军　译

出版发行：群众出版社
地　　址：北京市西城区木樨地南里
邮政编码：100038
经　　销：新华书店
印　　刷：北京通天印刷有限责任公司

版　　次：2013 年 8 月第 1 版
印　　次：2013 年 8 月第 1 次
印　　张：8.5
开　　本：880 毫米×1230 毫米　1/32
字　　数：200 千字

书　　号：ISBN 978－7－5014－5143－2
定　　价：25.00 元

网　　址：www.qzcbs.com
电子邮箱：qzcbs@sohu.com

营销中心电话：010－83903254
读者服务部电话（门市）：010－83903257
警官读者俱乐部电话（网购、邮购）：010－83903253
文艺分社电话：010－83901330　　010－83903973

目录

CONTENTS

第一章 东京站

一

东京火车站。夜里 11 点 30 分。

平时是这样：23 点 25 分开往大垣的列车从第十号行车线出发之后，靠近东海道总干线一号八重洲口的站台上，喧闹的情景随即消失，因为当天再也没有待发的列车了。

但今天，也就是 8 月 8 日，却不同于往常。

原因是：23 点 59 分将有一辆叫作“神秘号”的临时客车从此站出发。

国营铁路正被巨大的赤字所困扰，因此，也有人称它们是“濒死的巨龙”。

因为要维持每日收入不多的运营，所以出现了“支大于收”的困窘状态。也就是说，赤字是随着营业的发展而发展的。

为了尽可能地减少赤字，国铁想了许多办法，增开临时列车便是办法之一。

他们曾依照在社会上影响很大的影片《银河铁道 999》的情节开出了一列同名的临时列车，结果在社会上引起了极大的反响，乘客们为了猎奇，蜂拥而至。

在蒸汽机车风靡一时的时候，国铁也曾如法炮制，开出了一列“山口线蒸汽机车观光”的临时列车，同样收到了意料之中的效果。

然而，他们并不满足于已取得的初步成果。国铁的一项新的措施便是今天即将发出的“神秘号”临时列车。

“神秘号”列车事先不公布去向，即不说目的地，以便加重神秘色彩。所公布的项目仅仅是如下内容：

出发时间：8月8日（星期六）夜11点59分。

出发地点：东京站第十号行车线。

返回时间：8月10日（星期一）上午9点30分。

天蓝色车体，使用B型卧铺。

途中将安排各种有趣的活动。

招募乘客四百人。

费用：成人三万日元，儿童一万五千日元。

这样一来，尽管目的地没有公布于众，但大概正是这一点激发了人们的猎奇心理，一下子寄来了超过预定乘客数量二十倍的要求乘坐该列车的明信片。

因为没有限制在校的学生，所以在这些要求乘坐该次列车的人员中，有二十岁左右的男女伴侣，也有五六口人的家庭。

经过严格的筛选，招募了四百名乘客。他们在接到“录取通知”之后，便于发车前一个月交纳了乘车费用，并得到了一张“乘车纪念券”。

《旅窗》杂志的一位记者津山研一也得到了一张“乘车纪念券”。他和同事乘兼由纪子一起来到了第十号站台。

第一章　东京站

津山是根据总编田口的要求到这列火车上进行实地采访的。国铁方面没有为这一类人员进行特意安排，于是他们的杂志社便采用了人海战术，不但让编辑部的全部八个人，而且动员了每个人的全家都写了要求乘坐这趟列车的明信片。结果好不容易才得到了这唯一的一张“乘车纪念券”。

虽然此时已经过了夜里11点，但站台上来送行的人仍熙熙攘攘、摩肩接踵。如果是一个小学生乘坐该车，那么全家人都会来送行。

在第十号行车线上，停着一辆有十二节车厢的客车。这是一辆蓝色车体的列车，每节车厢内都有上下两层铺，属于B型卧铺车。

列车前方电源车的发电机发出低沉的声音。牵引十二节车厢的电气机车还未与整个车体连接上。

“三号车厢十二号上铺呀!”津山取出乘车券确认之后，一边嘿嘿地笑着，一边对由纪子说：

“下铺要是个年轻漂亮的姑娘就太好了!”

“你们男人净想这种事情!”

“你不也是常常希望能有一个英俊潇洒的小伙子作伴旅行吗?”

“我可不是要和什么英俊男子一起旅行呀！我愿意和长相一般，但聪明、诚实的人一起去旅行。”

“谢谢你了!”

“什么?”

“这不就是我吗?”

“哈哈哈!”

由纪子所笑的事，就是他们两个人瞒着总编和其他同事，说好于明年春季结婚的计划。

津山一个人走进了三号车厢。他放下旅行包，把照相机挂在了脖子上。

“喂，下铺还真是女的，不过是个小学六年级的女孩子!”

津山冲着由纪子笑了。

二

23点40分，牵引“神秘号”的“EF65型”电气机车与整体列车挂上了钩。

许多孩子为了从正面给“神秘号”拍照而跑到站台的前方去了。

《关于对该列车进行摄影的注意事项》:

1. 不要进入铁道线内;
2. 不要站在安全线外侧;
3. 不要在站台上奔跑;
4. 不要进入禁止通行的场所;
5. 服从工作人员的指挥和疏导。

如不遵守上述规定，本站则禁止进行拍照。

虽然有这么一块十分醒目的告示牌，但孩子们却完全无视它的存在，无论如何也想真切地拍下自己将要乘坐的列车!

津山也转到了列车的前方，照起相来。

“EF65型”直流电气机车是深蓝色的，只是正面的上半部分被涂上了淡淡的橘黄色，证明它是牵引该列车的电气机车。

第一章　东京站

在机车车头的正面，挂着写有“神秘号”的标牌。大概以前挂的都是“富士号”啦，“隼鸟号”啦什么的吧！在这个标牌上，还有意识地装饰着一个大大的“?”。它十分清楚地向人们显示了这是一列什么样的列车。

“你要照相，就站在机车旁边试试吧。”孩子太多，挤不上去，于是由纪子便这样对津山说道。津山将照相机递了过去。

“你的水平还可以吧?”津山故意开玩笑地问道。

还有十五六分钟就要发车了，津山点着了一支烟。

“这个‘神秘号’，不知道是开到什么地方的。”由纪子一边看着张贴在车门旁边的列车时刻表，一边说道。

在这张表上，标着开往诸如西鹿儿岛、大阪等地的列车的起止地点，但在这趟“神秘号”列车的目的地的位置上却是一片空白。

“我也不太清楚，但是从这趟列车的发车时间上看，足可以大致推测出来!”津山非常自信地说道。

“发车时间?”

“看这里!”

说着，津山从口袋里掏出了一个圆形的《列车时刻表》，翻到了东海道总干线下行线的那一页。由纪子从旁边伸过头来看了看。津山对她说：

“从发车的时间上看，只有‘银河五十三号’特快列车是23点59分从东京站出发的，而这趟‘神秘号’列车也正是这个时间，在这个站台。”

“但‘银河五十三号’是季节性列车吧?”

“嗯，就像这上边写的一样，只有到9月11号才运行。所以我想，这趟‘神秘号’列车是在使用它已经不使用了的时刻表!”

“照这么说，目的地是京都了？因为‘银河五十三号’的目的地就是京都。”

“我认为大致是没错的!”津山十分得意地说道。

“可‘银河五十三号’没有卧铺呀，只是一般的硬座车。这趟‘神秘号’可是特快卧铺车，所以目的地大概也有所不同吧!”由纪子对此十分怀疑。

就在他们俩这样交谈的时候，在他们旁边有一对年轻的夫妇十分详细地嘱咐着一个小学生模样的男孩子。

“如果有什么为难的事，可要快点儿找乘务员先生商量呀!”年轻的母亲反复地叮嘱道。

而他的父亲却像没什么事似的说道：

“喂，你要很精神地回来呀!”

“哎呀，这是演员西本功呀!”由纪子小声地对津山说。

她这么一说，津山便重新打量起他们来：这位年轻的父亲果然是因在最近一部电影中扮演一个强悍人物而崭露头角的西本功。

这个十岁的儿子，眼睛长得和父亲西本功一模一样。

因为共有四百名乘客，所以，其中有个把演员的儿子并非什么稀奇的事情，也许还有其他的名人或显赫的家庭呢!

于是，津山便向着西本功父子按动了快门。他想，如果在杂志中增加有关西本功父子的内容，将会给这次报道“神秘号”之行增色不少。

三

“‘神秘号’就要发车了，请车厢内送亲友的人回到站台上去!”车站的广播里传来了播音员的声音。

和大人一起来送亲友的孩子出于好奇，一进车厢就躺在卧铺上不肯起来。

津山站在三号车厢的入口处，对等候在站台上的由纪子说道：

“代我问候总编。告诉他，我一回来，立刻就把草稿送去。”因为在每次采访之后送去草稿时，总编田口总是抱怨这些记者动作太迟缓，因此津山特意要由纪子转告一下。

这时，站台上的大钟显示的时间为 23 点 59 分，宣布发车的铃声响了起来。

津山把伸在外边的头缩了回去，关上了车厢的门。但不知怎么搞的，车厢的门又开了，就这么开了一两分钟，无论津山怎么关都无法关上。

“这是怎么回事?”津山大声地问道。

“我也不知道。好像是有什么故障吧……”

“这个‘神秘号’呀，都发车了还开这样的玩笑!”津山正在笑着的时候，看到了跑上站台的乘务员。

他抱着一个大型洗漱用品包，气喘吁吁地跑进了列车长所在的七号车厢。

这时，从七号车厢附近送行的人群中发出了一阵哄笑声。大概是他们看到了这个惊慌失措地跑上客车的乘务员的狼狈相了吧。

“差点儿把一个乘务员丢了呀!”由纪子一边笑着，一边说道。

“国铁最近也成了一盘散沙。这次也要在杂志上……”正当津山说话的时候，车厢的门一下子关上了。

于是，津山便用手中的杂志敲着车门的玻璃——大概他还要说什么吧。看着津山面对着车门玻璃，一副十分遗憾的样子，由纪子不由得扑哧一声笑了起来。

终于，这趟“神秘号”特快卧铺列车缓缓地向前移动了。在两条伸向远方的细细的银白色铁轨上，鲜艳夺目的蓝色车体静静地奔向远方。

由纪子向津山挥舞着手臂。

列车的速度逐渐加快了，最后一节车厢从由纪子的眼前飞驰而过。

由纪子从站台上向行车线上探出身子，目送着列车远去。

写着“神秘号”字样的标志牌和红色的尾灯逐渐变小了，随着蓝色的车体消失在黑暗之中。

就在这一瞬间，由纪子确确实实地感到了看着津山乘坐的这列火车消失在夜幕之中的失落感。她慌忙将自己的视线移向别处。

为什么有这么愚蠢的感觉呢?

是觉得尽管和津山订了婚，仍有可能发生什么令人不安的事情呢，还是因为这趟去向不明的“神秘号”列车?

虽然说是去向不明，但这只是对乘客而言，做出这种安排的国铁方面对此是十分清楚的，列车长和乘务员们也是十分清楚的。而且，8月10日上午9点30分不是还要返回东京的嘛!无论他在什么地方，都是完全没有必要担心的嘛!

在站台上送行的人们在不知不觉间散尽了。

这时已经是深夜12点过十五六分钟了。

“神秘号”列车的发车时间比预定的发车时间推迟了五六分钟，实际上是8月9号才发的车。

“真是个‘神秘号’呀!”由纪子喃喃地说道。说完，她又感到十分可笑：刚才觉得这趟列车真的带着津山一起消失了，这种想法实在是太无聊了。

从道理上来分析，尽管这趟列车是“神秘号”，但“从地球上消失”是说不通的。列车只能在轨道上行驶，无论走到哪里，都离不开铁轨的束缚，这是再简单不过的道理了。难道有着十二节车厢的“神秘号”列车会长出翅膀飞上天空吗?

况且，津山到了目的地，一有空就会给她家打电话的(星期日出版社休息)。

津山是个很守信用的男子汉，明天，不，现在已经是今天了，他会打电话来的。

“像我预想的那样，目的地就是京都啊!”由纪子仿佛听到了津山在电话中那十分得意的声音。

她回到四谷三丁目的公寓里时，已经是凌晨1点左右了。她这套两室一厅的房子里十分闷热，没有办法，她睡觉时只好打开了电风扇。于是，早晨她便患上了感冒。

四

星期日是出版社的休息日。

平常由纪子都起得很晚，但今天她早早地就起来了。

大概是昨天夜里和津山分手时产生的某种不安在起作用吧!

她简单地喝了点儿牛奶、吃了点儿烤面包之后，时间便到了9点钟。

津山昨晚看的列车时刻表上确实记录着这趟“神秘号”列车是利用季节性列车“银河五十三号”的时间表运行的。

想到这里，由纪子便取来了一份列车时刻表，打开之后放到了桌子上。

的确，在东京站的发车时间是夜里11点59分，因此津山所乘坐的这趟"神秘号"列车的目的地应该是京都，到达时间也应该和"银河五十三号"相同，是第二天的9点25分。

如果是津山所说的那样，那么他乘坐的那趟"神秘号"列车不久便会到达京都。他一到达就肯定会立刻打来电话——这是事先说好了的。

就在由纪子看着列车时刻表分析的过程中，9点15分、20分、30分都已经过去了，但放在桌子上的电话却一声不响。9点40分了，10点了，津山还没有打来电话。

由纪子逐渐不安起来。她是一个头脑清醒、遇到什么事情都十分冷静的人，但此时却六神无主了。

恋爱这种事，的确是一件甜蜜的事情，但又是那么地折磨人，因为无论发生了什么事情都非常令人焦心，让你如坐针毡。

万般无奈，由纪子只好像安慰自己似的，试着分析一下津山没有打来电话的各种原因。

因为这是一趟去向不明的"神秘号"列车！目的地是京都，这只是津山的推测，但不会是简单地从东京到京都这么个走法。难道不可以天亮后再接着开，到达九州的南端、西鹿儿岛一带，然后再返回来吗？虽然说这趟列车不带餐车，但他们可以在各地的车站买饭。不是有许多乘客都喜欢享用各地的风味菜肴吗？这也可以说是没有来电话的一个理由吧！如果是这样，就要走新干线。虽说新干线上有可供乘客打电话的设施，但在卧铺车上却是打不了的。

而且，即使像津山所说的那样，目的地确实是京都，他们从列车上下来之后，由于参观日程安排得太满了，不也没有打电话的时间吗？何况这是一趟"神秘号"列车，也许在回到东京站之前是不允许打电话的呢！

津山是个做什么事都马马虎虎的人，也许在京都站内要打电话时，碰巧连个硬币都没有了呢！或者他正要利用自动售货机换零钱的时候，集体活动开始了。这样的事情难道不应该被考虑进去吗?

尽管由纪子罗列了一大堆津山不来电话的理由，但还是感到不能自圆其说。

于是，她决定在白天不太热的时候出去打听一下。

打听“神秘号”的事情，应该与国铁总部联系呢，还是应该与东京站联系? 因为今天是星期日，国铁总部休息，所以只好打电话给东京站问一下了。

她先拨了查号台，想问一下东京站的电话，可因为今天是星期日，线路特别忙，所以无论她拨多少次，电话都是占线。于是她决定不打电话，亲自到东京站去一趟。

五

在为外出做准备的时间里，她想先打开电视看一下。

NHK[①]12 点的新闻节目快播完了，并没有关于“神秘号”列车的报道。她想，大概是由于“神秘号”并没有发生什么意外吧。

广播员说道：

“在多摩川发现了一具全裸的男性尸体。因为连日来高温酷暑，所以该人赤身裸体地跳入多摩川中游泳。由于水流湍急，大概引起了心脏麻痹，导致身亡……

① NHK 是“日本广播放送协会”的英文缩写。——译者注

"昨天，星期六，全国溺水死亡人数达到二十八人。"

仍旧没有报道关于"神秘号"列车的消息。

新闻结束了。下边就是"十年如一日"和"业余歌手"节目了。由纪子关掉电视，走出了房门。

外边是能把人晒得头晕目眩的酷暑天气。大火球似的太阳从一丝云彩都没有的天空中毫不留情地向大地、向人间发射着热量。

真想和津山一起去一趟冲绳呀！由纪子边走边想着，不一会儿便来到了离四谷三丁目最近的地铁入口处，乘上了开往东京站方向的地铁。

到了东京站，她不知该到哪里打听，于是径直来到了绿色窗口。

"'神秘号'列车？这不是临时火车的窗口！"那里面的工作人员很不耐烦地挥了挥手。

"我不是买车票，我是想知道昨天夜里从东京站出发的'神秘号'列车的目的地，现在它到了什么地方。"

那个人听由纪子这样说，便笑着说道：

"因为不知道目的地，所以才称为'神秘号'呀！"

"请你认真回答！"

这个窗口里的男子一看由纪子的脸色十分难看，便不高兴地答道：

"什么？我确实在认真回答，可我现在太忙了！你再到其他窗口打听一下吧！"

"到哪个窗口问比较好呢？请指教。"

"那我可不知道。昨天出发的'神秘号'列车开到哪里了？"这个男子大声地问他身边的几个同事。

"到大阪了！"有一个人说道。

“因为是大阪，所以我们才知道呢！”

“大阪？大阪的什么地方？”

听由纪子这样追问，窗口里的男子便说道：

“那趟‘神秘号’列车归大阪铁路局管辖，所以我们这里都不清楚。”

“可它是从东京站出发的呀！难道你们这儿的人什么都不知道吗？”由纪子紧紧地追问道。她又焦急地问道：“都是国营铁路，为什么会不知道大阪铁路局的计划？”

这时，一个站长助理路过这里，听到了他们的这场争论。

在东京站，站长有五六个助理。来的这位是负责客运的助理青木。以前因为采访，由纪子见过这个人。

“您是《旅窗》杂志的记者吧！”青木这么一说，由纪子发现对方还记得自己，不由得心里一阵高兴，求救似的说道：

“是啊！请您帮帮忙吧！”

“有什么为难的事情？”

“我想知道一下昨晚从这里出发的‘神秘号’列车现在到了什么地方。”

“是要采访吗？”青木一边嘿嘿地笑着，一边问道。去年夏天，由纪子因打算写一篇《东京车站的一天》来采访时，就从青木那里知道了许多有趣的事情。

“嗯，是采访。”

由纪子撒了个谎，她是想让对方听起来容易接受。实际上，津山才是为了采访而坐上“神秘号”列车的。

“那么，请到这里来吧！”

青木把由纪子带到了会议室。

这间会议室与站长室相邻，是标有“梅屋”的房间。墙壁上挂着历届站长的画像，不知什么地方使人感到有一种肃穆的气氛。

"实际上，我们社里的一名记者为了采访，已经在那趟'神秘号'列车上了。"由纪子喝了一口青木端过来的凉茶，"开始，我们商量好，在'神秘号'列车到达目的地之后，他会打来电话。但整整大半天过去了，他一直没有打来电话。我们必须尽快发稿，可是没有电话来，也没有办法呀！"

"会不会是发生了什么事故呢?"青木看着由纪子问道。

"是呀！"

"我还没有听到关于火车发生事故的报告。'神秘号'应该是最先停在京都站。因为这是大阪铁路局的事情，所以详细情况我不太清楚。"

"也就是说，第一站是京都?"

"一般是这样。这列火车上的乘客先在京都的梅小路机车区内进行实地参观，那里有蒸汽机车馆，也许有很多常去看蒸汽机车的人呢。"

"什么时间应该到达梅小路机车区呢?"

"昨天晚上 23 点 59 分发车，那么我认为应该是今天上午 10 点前后进行参观活动。"

"真的去了梅小路机车区了吗?"

由纪子这么一问，青木笑了起来。他对由纪子说：

"就算去了吧，因为这是日程表中安排了的。如果你不放心，那我打电话问一下梅小路机车区吧！"青木说着，不以为然地拿起了放在会议室墙角的电话。

六

青木放下电话，走过来，依旧笑嘻嘻地对由纪子说道：

“没错，‘神秘号’列车正在梅小路机车区。上午 10 点到的，说是参观了一个小时就回去了。”

“一个小时?!”听到这里，由纪子顿时产生了怀疑：在这段时间里，津山为什么不打电话来呢？然而，青木在一旁好像别有一番含意似的说道：

“因为每天只有几次开动蒸汽机车，都有固定的时间，所以看完这些再返回去，当然要花费一个小时的时间了。”

“那么，在梅小路机车区附近有没有公用电话呢?”

“公用电话?”青木十分吃惊地问道。

“对，公用电话。那儿有没有呢?”

“为什么没有呢？到那儿参观的人很多，所以那儿有不少休息厅、小卖部什么的。因此我认为，当然也应该有公用电话了。”

有公用电话，也有小卖部，就算是没有零钱，那么换了零钱不是就可以打电话了吗?

而且，那是参观蒸汽机车，当然应该有打电话的时间了。在等待火车从车库里开出来的时间里，不就可以打吗?

然而，津山却没有打来电话。

于是，由纪子由担心变成了生气：她每次出门，一到目的地，第一件事就是给津山打电话，她认为这才是朋友间的正事呢!

会不会津山一回来便对她连声说“对不起、对不起，我把打电话的事给忘了”？如果是这样的话，那么她如此担心，可就上当了。

于是，由纪子为了保险起见，又问青木：

“他们参观了蒸汽机车之后，去哪儿了呢?”在第一次停车的京都梅小路机车区没打来电话，在下一个停车地点总该打来电话了吧。

“下一个地点？那我就要问一下大阪铁路局了。”

“太麻烦您了！”

“别客气，这是我的工作！”

青木再一次走到了那个电话机旁。

但这次他花费了好长时间。在讲了十五六分钟之后，青木带着一副十分为难的表情回来了，刚才一直挂在嘴边的微笑不知跑到哪里去了。

“这可太奇怪了。”青木嘟嘟哝哝地摇了摇头。

“到底怎么啦？”

“据说‘神秘号’列车在京都将牵引的电气机车换成内燃机车之后，便走山阴本线到鸟取县去了。换机车是因为山阴本线还没有电气化呢。”

“从鸟取又到什么地方去了呢？”

“应该经因美线到达冈山，然后从那里径直返回东京站呀！据说他们要在鸟取站下车，分别乘坐几辆公共汽车到沙丘去参观。”

“那您刚才说‘太奇怪了’指的是什么事情呢？”

“是指‘神秘号’列车应该经过福知山站，可在那里一直没有见到它的影子呀！”

“这是一趟临时列车，难道不能认为福知山站那边没有留意吗？福知山站是个快车不停的小站吧？”

“是呀，可……”青木说完，低头看了一下手表。由纪子也不由得低头看了一下手表。

“已经下午两点了。到达鸟取是什么时间？”

“预定是 15 点 05 分。”

“那么我们等一会儿看看吧！”由纪子说道。

预定的时间过去了，于是青木又打了个电话。

这次他讲的时间更长。当他放下电话时，已经是 15 点 30 分了。

“‘神秘号’没有到达鸟取站，它不知道在什么地方消失了!”青木对由纪子说出了这句令人震惊的话。

七

就连鸟取站那边的人都感到困惑不解。

不，应该说受到了很大的震动。

在鸟取车站前的广场上，有准备去沙丘参观的人乘坐的国铁的公共汽车。但由于从临时列车上要下来四百人，所以一辆车子无论如何都是解决不了问题的。偏巧这天又是星期日，公共汽车很少。

于是便准备了八辆公共汽车。如果车内有冷气设备，并使用备用座椅的话，那么每辆车可以乘坐五十个人。

从鸟取乘车到沙丘需要十五分钟。

“神秘号”到达鸟取的时间应该是 15 点 05 分，去往冈山的时间应该是 16 点 05 分。参观是按一个小时的时间安排的。

在站台上还安排了欢迎“神秘号”列车去参观沙丘的活动。

鸟取市虽说是省机关所在地，却没有值得夸耀的地方，和相邻的米子市一比较，显得毫无生气。如果说这儿有什么可去的地方，那么除了沙丘以外，就别无去处了。所以，为了这四百个人的参观，车站上才安排了“沙丘之迎”的活动。

然而，到了预定的15 点05 分，连“神秘号”的影子都没有见到。

15 点 30 分了，还没有来。

当他们接到东京方面的询问时，鸟取站也正笼罩着一层迷惑的阴云。

但是，他们认为，也许是中途出现了什么情况，因而一直耐心地等待着。发现重大事故的报告不可能很快传达到这里。

到了下午 4 点，事态进一步恶化了：16 点 29 分（即下午 4 点 29 分），“真风三号”将要到达鸟取站。该车是从大阪出发的，到达鸟取后，由福知山进入山阴本线。

而“神秘号”列车应于“真风三号”之前到达鸟取。

事情再清楚不过了：有着四百名乘客的“神秘号”列车失踪了。

鸟取站的“沙丘之迎”活动也无法进行了。事已至此，站长十分焦急地命令阿部助理尽快调查事情的真相。

阿部已经在国铁工作了二十五年了，上个月的十七号是他五十周岁的生日。在漫长的国铁生涯中，他还是头一次碰上这样的事情。

“神秘号”是一趟有着十二节车厢的列车，一节车厢大约长二十米，十二节车厢就是二百四十米。而且，因为还有电气机车必不可少的电源车，所以全长肯定超过了二百五十米。再说，那并不是没有人的空车，里面有四百名乘客和乘务员呢！

因此，这种莫名其妙的“消失”，无论如何都是不可思议的。幸运的是，这条铁路线上的其他列车都正常地运行着。

如果“神秘号”在什么地方发生了脱轨事件，造成了山阴本线的瘫痪，那么他们立刻会得到报告的，上级也会动员全线人员参加抢救和修复工作的。然而，这一切均未发生。

全线十分平静，什么异常事件都没有发生。列车还在运行着，未接到发生灾情的电话。现在，上行的“真风四号”正从山阴本线出发。阿部看了一眼自己的手表：现在是 17 点 01 分。这趟列车是正点出发的。

什么异常情况都没有发生，只有一趟临时列车消失了。

突然，阿部的身子震动了一下。这种平静多么令人恐惧呀！

八

如果是一伙手持武器的男人强行劫持了“神秘号”列车，用武力迫使列车不按规定的行车路线行驶，那么就会立刻造成上行和下行的混乱状态！

无论暴徒们隐藏在什么地方，被劫持的列车总还会清清楚楚地待在一个地方吧！

可这次并不是这样：除了一趟临时列车突然消失以外，表面上什么事情都没有发生。

既没有传来枪声，也没有传来受害者的哭喊声。

如果站长那儿没下达这个命令的话，恐怕阿部这时也和平常一样，正坚守在自己的岗位上呢！

“一定是发生了重大的事件！”阿部对自己说，但他无论往车站的什么地方看，都是一派祥和的景象。

“沙丘之迎”不搞了，预备拉客人的八辆公共汽车还停在车站前的广场上。司机们有的在海阔天空地聊着天，有的在默不作声地看着杂志。

站长催问情况，可他怎么去了解呢？

于是，阿部的脑海里浮现出了这么个疑问：“神秘号”列车果真是昨天夜里 23 点 59 分从东京站出发的吗？如果出发了，就应该按照预定的时间、路线行驶。在国铁干了二十五年的阿部就是这样认为的。

然而，东京站的青木助理特意打来电话询问此事。看来不会有错："神秘号"列车肯定是昨夜23点59分从东京站出发的。

如果是这样的话，那么除了问一下大阪铁路局，就再也没有办法了。

阿部所在的鸟取站归米子铁路局管辖，除此之外，他没有别的"被领导"的概念。他之所以对此事并不热心，正是由于"这是别的铁路局的事"这一概念。

要和大阪铁路局打交道，肯定会惹出点儿麻烦。他一边想着，一边接通了大阪方面的电话。但出乎意料的是，电话那边传来一个男人十分友好的声音：

"啊，是鸟取站呀！有什么事吗?"

"我是阿部助理。"阿部一边毫无希望地想着，一边向对方报出了自己的姓名，"关于'神秘号'列车，我有一个问题。是哪一位值班呀?"

"是我。我叫池田。请问，是什么事情？安排那趟列车的是另外一个人。"对方的声音仍然十分友好。

阿部困惑不解地问道：

"'神秘号'列车运行得还顺利吗?"

"那当然。白天从东京打来过询问电话。我们了解了一下情况，它的运行很正常。第一个停车站是京都站。上午10点到了梅小路机车区，参观了保存至今的蒸汽机车。我们还向该处了解过，'神秘号'列车的乘客是按事先的计划安排的，上午10点进行了参观。因为10点30分有D51型蒸汽机车的公开表演，所以他们参观完之后，11点就回去了。到达你们鸟取的时间应该是15点05分。那么，你们是否按照我们的安排，用公共汽车带他们去沙丘参观了?”

“我们倒是准备了八辆大型公共汽车，但那列重要的‘神秘号’却并没有来。那八辆车还都在打瞌睡呢!”

阿部对别人从不开玩笑，但这次对方也太正经了，他自然想取笑一番。

“什么? 15 点 05 分没有到鸟取?”

“现在都 17 点 20 分了，还没有到呢!”阿部提醒对方。

“太奇怪了!”

对方的声音变得严肃起来。那个叫池田的人沉默了好一会儿。

“那就是说，出了事故? 可我们并没有接到那样的报告呀!”他自言自语地说道。

“山阴本线的车一分钟也没有晚点，都是正点运行的!”

“那就是没有发生事故。如果其他列车是按时刻表正常运行的话，那么这趟‘神秘号’列车也是按时刻表运行的呀! 这可太有意思了!”

“然而，它并没有到。老实说，我们除了白雇了八辆公共汽车之外，没有受多大损失。可一列火车没了! 你们还不迅速了解一下吗?”

“如果这是真的，可是件大事! 真的吗，‘神秘号’没有到达鸟取站?”看样子，对方有些半信半疑。

“真的! 虽然过了两个小时了，可‘神秘号’确实还没到本站!”阿部耐心地重复了一遍，然后挂断了电话。

九

于是，阿部将全部情况原原本本地向站长做了汇报。

“对方十分镇静，真令人吃惊!”

听阿部一说，站长不由得笑了起来，说道：

“铁路上的人都只认事故报告，如果没有，就认为列车在正常运行。就这一点，我们是有自信心的!”

“可下一步怎么办呀?”

“只好等大阪铁路局的调查结果了。现在几点了!”

“再过一会儿就下午6点了。”

“那么，就让那八辆车回去吧!”

“知道了!”阿部答应的时候，站长室里的电话铃响了。

阿部就在电话旁边，立刻拿起了电话。这时，电话中传来了一个年轻女人的声音：

“是鸟取站站长室吗?”

“是的。”

“我是总裁秘书室。我现在就把电话接过去。”

“总裁秘书?”阿部一惊，迅速把电话递给了站长。从国铁总裁那里打来电话，这类事情可是前所未有的。

“我是国铁总裁的秘书北野。”传来一个男人的声音。

“我是鸟取站站长。您有什么事?”因为不知道到底是什么事情，站长的神情顿时紧张起来。他在心里嘀咕着：“鸟取站到目前为止还没有出过问题呀!”

“是关于大阪铁路局安排的一趟‘神秘号’列车的事情。它没有按正常运行时间到达鸟取站，这是真的吗?”

“就是那趟‘神秘号’列车吗?”

“是的。还没有到鸟取站吗?”

“已经超过预定时间三个小时了，还没有到。原计划是在这里停车一个小时，在此期间要乘车去参观沙丘。”

“是吗?‘神秘号’没有到达鸟取站吗?”

电话中，北野的语气十分沉重。

“怎么，‘神秘号’列车上有北野先生的朋友吗？”站长小心翼翼地问道。他心里不知道这句话是深是浅，但北野只说了一句“不是那么回事，多谢了”，便把电话挂断了。

站长和阿部面面相觑，皱着眉头：

“这到底是怎么回事？”

十

总裁秘书北野一放下电话，便对总裁木本说道：

“怎么办？看样子是事实。”

“这可是有着十二节车厢的客车呀！你能相信这长达二百多米的火车竟会消失得无影无踪吗？上面有四百名乘客呀！”

“‘神秘号’没有到达鸟取站，这可是事实呀！刚才接电话的那个男人确实是这么说的。”

“可是……北野君，你认为这么长的一列火车就这么消失了，这可能吗？不管怎么说，会不会是发生了交通事故，处于进退维谷的状态呢？也许刚才接电话的那个男人是偶尔碰上了，是他在搞恶作剧吧！”

“如果是那样的话，那么列车时刻表肯定会被打乱，但现在除了这辆‘神秘号’列车失踪了以外，其他列车都在正点运行！尤其是‘神秘号’运行的东海道本线和山阴本线的时刻表，连一分钟的误差都没有，完全正点。这不就意味着铁路线上的这趟‘神秘号’列车消失了吗？”

“倒是那么回事！”木本小声地说着。他手里拿着的那支心爱的烟斗刚才已灭了火。

“您看怎么办？把刚才打来的那个电话当成恶作剧，不予理睬?”北野问道。

木本一直陷在深深的思考之中。

“这可关系到许多人的性命呀！不能不理睬！给警察打电话吧。”

“找哪位好呢?”

“就找上次帮过忙的搜查一科的十津川警部吧!”

“怎么说？请他来?”

“就说国铁发生了劫持事件，受害者共四百人。不！包括乘务员在内，共四百零六人。这是一个大规模的劫持事件!”

“直接说‘神秘号’吗?”

“等他来了以后再说吧。无论如何都要让他尽快赶到，来帮帮忙吧!”

木本说完，才注意到烟斗中的火早就灭了。于是，他把火柴拿了过来。

第二章 赎金

一

十津川一开始并不清楚这四百人被劫持的含义，因为人数太多。火车失踪的含义，他也没有弄明白。他唯一十分清楚的就是，北野十分狼狈地打来了电话。

他和北野在解决上次的事件时共过事，因此他很想再见一下北野。

北野是一个很平凡的人，但他那种平平常常的样子却给人一种可敬可爱的感觉。他是一个十分了解自己的能力、无论在什么情况下都会十分冷静地处理问题的人。

但这次他却显得慌里慌张的。

不管怎么说，事情总不会像自己想象的那么容易吧！

于是十津川便和自己的上司——搜查一科的科长本多去了国铁总部。

本多一边和十津川并排站在电梯里，一边问道：

“什么火车失踪啦，被劫持了四百人啦，到底是怎么回事?”

“我也糊里糊涂的！可他们不像是在说胡话。详细情况嘛，总裁说要亲自谈呢。”

“我真想快点儿知道是什么事情。”

这时，北野正等在总裁室门前。见他们来了，他便很快将他们领了进去。

“啊，二位请坐!”木本指了指椅子，让十津川他们坐下。

本多一坐下，便掏出烟来，问木本：

“吸这个吗?”

木本连忙回答道：

“谢谢，我叼着烟斗心里才踏实一点儿。”说着，他就把烟斗叼在嘴上，但还是慌慌张张地忘了点上火儿。

“发生了劫持事件?”本多问道。

“是呀，就在一个小时之前。准确地说，是一小时十三分钟之前。有人给我打来了电话。接电话的是秘书北野。”木本扫了一眼北野。

“是个男的。”北野补充道。

“那个男的说了些什么?”十津川问。

“让把总裁叫出来！还说，如果有什么事，他担着。也就是说，他们劫持了‘神秘号’列车上的四百人，为的是要一笔赎金。”

“这趟列车的事情，我们在报上看到了，是一趟目的地不明的列车，非常吸引人!”

“它是昨天晚上从东京站出发的，是一种使用 B 型卧铺、有十二节车厢的客车。乘客有四百人。因为是‘神秘号’，人们对这种不明确宣布目的地的事情十分感兴趣，所以有八千人报名呢！而这四百人全都被劫持了！开始我认为这只是十分荒唐的玩笑，但因为事件重大，便和总裁进行了磋商。”

“还给我打了电话。”木本在一旁插了一句。

“打电话的那个男人对总裁说了些什么?”本多问道。

“说的是一样的呀！因为劫持了四百名乘客，所以要赎金，金额是十亿日元。”

“十亿?!”

“他还说，如果按每人二百五十万日元来计算的话，这还是很便宜的呢！当然，我相信这次劫持事件是真的。”

“对方还说什么了?”

“他笑了！”

二

木本回忆起当时的情形，尴尬得涨红了脸。

“对方大笑。他一边笑一边说：‘如果以为是谎话，可以现在就去调查一下。’然后没有说出联系方式，便把电话挂了。”

“这么说，应该确认一下事情的真相。”

“是的。随后，我便了解了一下。”北野说道，“这次的‘神秘号’列车是大阪铁路局安排的，因此我首先问了一下大阪方面。但大阪方面认为该车一直处于正点运行之中。按计划，‘神秘号’应该在今天早上到达第一站——京都，在梅小路机车区参观保存至今的蒸汽机车。这个活动已经进行过了。因此，我们都松了一口气。但为了保险起见，我们又给山阴本线的鸟取站打了电话，因为预定在 15 点 05 分到达的‘神秘号’列车还未到达，而按计划在‘神秘号’之后的‘真风三号’却已经到达鸟取站了。”

“也就是说，‘神秘号’失踪了?”

听十津川这么一问，北野面色苍白，喃喃地说道：

“尽管是件十分遗憾的事情，但是只能这样认为。”

这时，本多看了一下手表，已经是晚上7点了。他又向木本总裁追问了一句：

“打电话的那个男的说以后再打电话了吗?”

“是的，他说以后还要来电话。”

“你们做些准备吧。”本多说话时，十津川把带来的一架小型收录机接在了电话机上。这样一来，如果取下耳机，录音带就会自动转动，将讲话内容录下来。

顿时，屋子里充满了如临大敌的紧张气氛，让人感到一种不可名状的压抑感。

本多察觉到了大家的这种情绪，便像要打破这种沉闷的气氛似的笑着说道：

“犯罪嫌疑人要十亿日元吗? 这可是一笔巨额赎金呀!”

“每人二百五十万日元呢!”木本像要吐出去什么东西似的苦笑道，“二百五十，这简单是个讽刺!”

本多不解其意地把头歪过来问道：

“为什么说是个讽刺?”

“国铁的赤字今年是一兆亿日元，而国铁的职员正好是四十万人呀!”

“噢，也就是说，平均每人二百五十万日元!”

“对，换句话说，就是在这一年里，国铁的职员每人借了二百五十万日元! 最近，关于补助金的问题又闹得不可开交。作为这个有着赤字的国铁的总裁，我可没有那么大的权力呀!”

“犯罪嫌疑人知道这些情况，便以这四百人的赎金为条件，要求付给十亿日元，所以才特意说，平均每人二百五十万日元是很便宜的了。”

“嗯，我也这样认为。”

正当木本点头表示赞同的时候，又传来了一阵十分尖利的电话铃声。他脸色一变，马上看了一眼身边的电话。于是，北野迅速地拿起了听筒。这时，录音带开始转动了。

“这里是总裁室。”

“你是刚才那个秘书吧？快把听筒交给总裁！”传来一个男人的声音。

“他要干什么？”北野心里想着，看着木本。

木本立刻接过听筒，说道：

“我是总裁木本。”

“找到‘神秘号’了吗？找到四百名乘客了吗？”

“乘客在什么地方？赶快让他们回来！”

“如果你准备好了十亿日元的赎金，那么乘客会平安回来的。首先，我想听听你的意见。”

“我要是不给，你打算怎么办？”

“那四百名乘客可就永远回不来了，或者回来的都是尸体。如果这样的话，国铁将会被追究责任，那可就不是十亿日元的事儿了。”这个男人用威胁的口吻说道。

“我懂了！”木本回答道。

“懂了就好！现在是晚上 7 点 30 分，到了 9 点，你们就得把十亿日元都准备好！”

“那可不行！要等明天银行开门之后，十亿日元可是大额款项呀！”

“你们不是‘日本国营铁路’吗？就是 9 点！到了 9 点，你们如果还没有准备好这十亿日元的话，这四百名乘客可就永远不能与家人团聚了。不！不光是这四百人，还有列车长和乘务员！”

“只等到 9 点，太不讲理了！”

"9 点我再打电话!"说完，对方就挂断了电话。

木本气愤地骂了一句"混账"。当然，这句骂人话与他的总裁身份十分不相符。

"咱们打算怎么办?"北野小心翼翼地问道。

"这个时间怎么求银行呀！今天又是个星期天。这样吧，我先去拜会一下运输大臣。除了等他的指示以外，别无他法!"木本说着，站起身来。

三

木本见到了运输大臣，说明了事情的真相。结果，运输大臣很快和日本银行的总裁通了电话。日本银行决定采取特别措施帮助一下。

当他们办好手续回到国铁总部的时候，时间正好是晚上 8 点 50 分。

"还来得及呀!"木本松了一口气，掏出手帕，擦着额头上的汗水。

"下一步该怎么办呢?"本多问道。

木本十分憎恨地答道:

"能有别的办法吗?"

"如果能说的话，是不是这样……"

"本多君，我在得到总理大臣的信任并当上国铁总裁之后，就始终想着，不要辜负总理大臣的期望，不要发生重大事故。时至今日，我有时还因为梦见发生了重大事故而被惊醒呢！过去的国铁总裁都是因为发生了重大事故，造成了多人伤亡而辞职的。我并不害怕由于别的原因辞职，只担心会因为事故而造成人员伤亡。现在，四百名乘客和六名乘务员的生命正处于危险之中，我不能眼看着他们遭歹徒的毒手！”木本十分激动地说着。无论警察说什么，作为国铁的总裁，他都要坚持付这笔赎金。

“我还想请教一件事。”木本说道。

“什么事?”本多问道。

“我希望警方的搜查采用极秘密的方式，因为如果犯人知道你们插手此事，也许会杀掉那批人质的！”

“知道了。问题是，尽管我们会秘密地进行，但这趟‘神秘号’列车到时候不回来，乘客的家属和社会上的人不是就会嚷嚷起来了吗?”

“是那样的。所以本多君，我希望你能够在火车到达之前将这四百名乘客救出来。”

“‘神秘号’应该在什么时候返回?”

“明天上午 9 点 30 分到达东京站。”北野在一旁答道。

“是明天上午 9 点 30 分呀！现在是晚上 9 点。也就是说，只有十二个小时了。”

“我觉得最好能拖延到明天上午 11 点。”北野说道。

不过，那也无非是十四个小时，能在这段时间内将罪犯逮捕归案吗?

十津川想，因为这是“神秘号”列车，所以乘客并不知道目的地，这大概就是在社会上博得好感的原因吧，但这不也成了这伙歹徒的机会吗?

乘客们仍会认为，列车停在哪里，哪里便会是有趣而奇妙的地方，因此不会注意列车的行走和停留的。仅凭这一点，罪犯就能十分容易地诱骗全体乘客。

这些歹徒究竟是怎样隐匿了列车并将这四百名乘客和六名乘务员带走的呢？十津川想象着这趟被电气机车牵引着的有着

十二节车厢的列车：它的长度恐怕是超过二百米了吧。作为火车，要想脱离轨道行驶，简直是不可能的事情，难道有人像变魔术似的将这趟蓝色列车变没了？

正当十津川冥思苦想的时候，电话铃响了。他条件反射似的看了一下那部电话，又下意识地看了一下手表：正好是晚上9点，一分一秒都不差！“真是个守时的男人呀！”十津川心中暗想。

这次木本总裁亲自拿起了电话。

“我是木本。”

“十亿日元准备好了吗？”

果然又是那个男的。

四

“正在准备呢！”木本回答道。

“不是说好了9点以前准备好吗?!”那个男人十分不满。

木本皱了皱眉头，说道：

“我们正在尽全力办，但这是十亿日元呀！再说，正是银行打烊的时候，所以我们想请你再宽限一个小时。”

木本揣摩着对方的心思，觉得那个男人有可能会发怒，没想到对方却很大度地说道：

“10点总可以了吧？”

“应该可以。”

“那么，10点我再打电话。就宽限这么一次，必须无条件准备好！如果警方插手这件事，那就算了！可不要耍那种没用的花招！”

“请稍等一下……”

第二章　赎金

“你要想拖延谈话时间，我就挂了！”

“不！不！我想知道四百名乘客目前是否平安无事，因为我作为国铁总裁，要对这些乘客负责任啊！我付出了十亿日元的赎金，这也是我的义务啊！”

“随你怎么想都可以！”

听那个男人的语气，似乎是在推卸责任。这下木本可慌了神儿，赶紧问道：

“您这话是什么意思？”

那个男人的回答使木本有一种不祥的预感。

“难道你要我让这四百人挨着个儿地打电话给你吗？你如果不想给赎金，也不是不可以，那么明天你就会发现一趟载着四百具尸体的列车行驶在东海道本线上！”

这时，十津川正用耳机听着罪犯和木本总裁的对话。他心想，这个男人有可能干出这种事。

此时木本也是同样的心情吧。他慌忙回答道：

“明白了！10 点以前我们一定把十亿日元准备好！”

“这才是聪明人！”那个男的说完便挂断了电话。在这一瞬间，他们都仿佛看到了对方十分得意的样子。

“只有一个小时了！”木本看了看手表说道。

“到了 10 点，能准备好十亿日元吗？”本多仍不放心地问道。

“说实在的，已经和银行方面说妥了，9 点以前准备好这笔款子。只是因为对罪犯不能唯命是从，所以才故意拖了一个小时！”

“上帝保佑，又争取了一个小时的时间！”北野说道。

但是十津川却一边歪着头想着，一边说道：

“也许罪犯早就走到我们前边了。”

"这是什么意思?"木本目光锐利地看着十津川。

"这名罪犯似乎十分冷酷,使人感到一种压力。我认为,如果总裁对他提出要确认一下四百名乘客是否平安,那么很可能会出现装着尸体的列车停在什么地方的事情。但这个人却轻易地答应了总裁提出的'一个小时之后才能准备好赎金'的请求。"

"如果我们办不到的话,那么对方是否也做不出什么来呢?"

"不能那么认为。他可是一个冷酷无情的歹徒。可他轻易地就将约好的时间向后推迟了一个小时,对总裁的要求连一句反驳的话都没有就同意了,那么我想,是不是这家伙一开始就打算让我们10点交赎金呢?"

"他的话还有其他含义吗?"木本问道。

十津川稍微考虑了一下,说道:

"如果等到10点的话,那么为什么对方不考虑再拖延一个小时呢?总裁也知道,劫持事件的重点就是得到那笔赎金。对警方来说,时间和交易地点是逮捕罪犯的关键,而对罪犯来说,这是大忌,因为要想得到赎金就必须露面。"

"这我懂。"

"罪犯在赎金的交接地点上是要颇费一番脑筋的。最简单的办法就是让对方到达事先指定的地点,但使用这种方法会造成警方事先包围的局面。因此,他们会变换一下方式,用轻型飞机、火车或汽车运送赎金,让你在突然指定的地点交付。这样一来,警方就不可能事先到达交接地点了。不过,需要在火车、轻型飞机或汽车上安装无线电接收机,并要很麻利地摆脱警方的监视才行。所以,罪犯要求在10点准备好赎金,究竟打算怎样进行交接,交接的方法与10点这个时间有什么关系,这些都需要我们认真分析。”

“那么你弄清了吗?”

“十分抱歉，我现在还不太清楚。如果推测的话，那么会不会是他们早有安排?”

“十亿日元到底有多重?”北野问道。

本多想了想，说道：

“按一万日元一捆来计算，一亿日元就有十三公斤重。”

“那十亿日元就是一百三十公斤了?”

“只是重量，还没有考虑大小呢!”木本在一旁耸了耸肩，说道。

“问题就在大小上。装这些钱需要五六个很大的旅行皮箱呢！罪犯打算怎样运送呢?”

本多的话说到最后已经含混不清了。他低下头来看了看手表，然后抬起头，像是要确认一下时间似的看了看墙上的挂钟。

时间是9点27分，距10点还有33分钟。十津川沉思着：在这段时间里能否弄清罪犯的意图呢?

罪犯的语气听起来是那样地有把握和有信心。当然了，利用一次参观就将一趟列车和四百名乘客给劫持了，干得还是蛮漂亮的嘛!

但是，他们对接收赎金的方法也是很有信心的!

这时，木本突然对北野说：

“北野君，请你给大阪铁路局打个电话，问问事件发生之后的情况。”

十津川在一旁直眉瞪眼地看着北野打电话。他心想，如果失踪的那趟“神秘号”列车和四百名乘客被大阪铁路局发现了的话，那么也就不存在赎金的问题了。

这时，北野打完了电话，对木本说道：

“经过搜寻，毫无结果。”

“大阪方面是认真搜寻的吗?”木本脸上露出不愉快的神情。

北野十分为难地说道：

“我想，他们是拼命地搜寻了吧。”

“真是的！在这个时候，工会也接二连三地闹事，什么事情都不好办呀!”木本借此机会将最近的不满统统发泄了出来。

国铁主要有国铁工会、工人工会和铁路工会这三家工会组织，而作为总裁的木本，大概是最近被这些工会弄得焦头烂额才大发牢骚的吧!

五

10 点整的时候，罪犯打来了电话。十津川一边看着木本总裁取下电话听筒，录音带开始转动，一边想着：“真是个时间观念极强的人呀!”

误差不到五分钟！岂止不到五分钟，连一分钟都不差!

这类罪犯常常故意把来电话的时间拖后，使对方焦虑不安。然而，这个人却十分遵守时间。也就是说，这名罪犯具备了以下两个特点：

——对这次行动充满信心；

——办事认真，一丝不苟。

“现在可是 10 点了!”罪犯说道。

“啊，我知道!”

“怎么样，十亿日元准备好了吗?”

第二章 赎金

“准备好了。但我们支付了十亿日元，你们可要让四百名乘客和六名乘务员平安地回来！我们希望得到你们的保证。”

“火车也还给你们，这就是保证。但是要按我们的安排，他们才能返回。如果你们有违约的情况，那么我们就不能保证乘客全部安全返回了！”

“那你吩咐吧！”

“将这十亿日元分别装在十个口袋里，每个口袋装一亿。袋子必须是直径二十五厘米、长度小于七十厘米的。这完全可以装下一亿日元的。装好之后，便立即将它们送至上野车站。”

“然后怎么办?”

“10 点 45 分，你们到达上野车站之后就明白了！”

这个罪犯十分冷淡地说完这句话，便把电话挂断了。

木本把听筒摔到了电话机上。

“真是个蛮不讲理的家伙！”

“只剩下四十分钟了！”北野在一旁提醒着木本。

“好吧！你快点儿去日本银行。我马上打电话，请他们按照每个口袋一亿日元装好。”木本急躁地对北野说道。

“我们也都一起去吧！”本多说着，同十津川一起跑出了总裁室。

他们乘坐着一辆客货两用汽车去了日本银行。因为木本已经打了电话，所以当他们到达银行时，门口已经放好了分装在十个口袋里的十亿日元。

“因为时间太紧，每捆钞票的号码都没来得及记下来。”银行的工作人员对他们说道。

“那没关系！”十津川说道。实际上，要在这么短的时间内将十万张一万日元的票子上的号码记下来，几乎是不可能的。而且，要逮捕罪犯，不用这个办法也是可以办到的。

于是，北野便和本多、十津川一起将这十个口袋装进了车里。

日本银行的工作人员一边帮着忙，一边说道：

"但愿你们不要再背上这十亿日元的赤字了！"

从这个东京大学毕业的高才生的嘴里说出的这句玩笑话，无论如何都让人感到里面包含着一种讽刺挖苦的味道。

北野开车进入高速公路，飞也似的奔向上野车站。幸好今天是星期日，公路上不像往常那样被汽车堵得满满的。

"现在都快夜里10点45分了，还没有什么线索吗？还有，罪犯限定口袋的长度小于七十厘米是什么意思？"本多坐在后座上向正在开车的北野问道。

"因为是到上野车站，所以也许是和发出的夜行列车有关系吧！至于七十厘米嘛，我得好好想一想。"

"虽然是这样，但他们也可能突然开来汽车呢！"十津川在一旁插了一句，"十个口袋完全可以扔在卡车上，可偏偏限定在七十厘米以内，是不是要正好装在什么里面？"

"但是这个'10点45分'的时间好像没有什么意义，因为如果是坐汽车来的话，不是什么时间都可以吗？"本多一边想着，一边说道。

"是呀！"十津川轻轻地点了点头。

他们这辆装着十亿日元的小卡车10点43分到达了上野站。

"请您二位在这里照看一下钱吧……"北野话没说完，便从车上跳下来，向车站的检票口走去。

十津川透过汽车的车窗观察着周围的动静。

"是不是罪犯在监视着我们？"

“好像没有跟踪我们的汽车呀!”本多说道。

但罪犯完全有可能事先到达了上野车站，正在监视这辆车。虽然这辆车上并没有印着“日本国有铁道”的字样，但他们完全有可能认识刚刚下车的总裁秘书北野。

“他们大概认为我们都是国铁的人。”十津川好像毫无信心地说道。

北野这时该回来了，因为时间已经到了罪犯指定的10点45分了。

难道这次在时间上出了岔子?

十津川感到不安，向检票口那边望了一眼，正好看到北野气喘吁吁地匆匆而来。和他一起跑来的还有几个年轻的车站工作人员。

“怎么办呀?”十津川急忙问道。

“罪犯给这个站的站长打了个电话，要我们将这十亿日元运到本站23点05分开往青森的‘仙鹤十三号’上去。”

“装到‘仙鹤十三号’的什么地方?”

“说是客车的卧铺车厢。这七十厘米的长度，正好是卧铺的宽度。如果超过了七十厘米，就从卧铺下边露出来了。时间不多了，快运吧。”

“那么，那个‘直径二十五厘米’是怎么回事?”

“还不知道呢。”

六

问题的关键在于“仙鹤十三号”列车已经驶入了车站。

“仙鹤号”是从上野出发、沿常盘线开往青森的夜行列车。下行的是奇数车号，上行返回上野的是偶数车号，从

"仙鹤一号"一直排到"仙鹤十四号"。"仙鹤十三号"列车是当天下行的最末一趟车。

"仙鹤十三号"由一节电气机车牵引着十一节客车车厢和一节行李车厢，从上野至青森需要行走十小时五十分钟。

由于十津川他们每人都拿一个细长的口袋，所以当他们通过检票口时，其余的乘客都免不了用好奇的目光看着他们。

这些目光中恐怕也有罪犯的目光吧！十津川一边这样想着，一边问北野：

"咱们要把这些东西放到十一节车厢中的哪一节呢?"

"最后一节的十六号下铺。"北野一边小跑着，一边回答道。

其实，最后一节是行李车厢，因此准确地说，就是要放在倒数第二节车厢。

这趟列车全部都是上、下两层的 B 型卧铺车，天蓝色的车体十分漂亮。这种颜色漂亮的列车，无论如何也不能使人把它与劫持事件联系在一起。

这时，站在站台上的列车长用责难的眼光瞟了一眼十津川他们，问道：

"这是什么东西? 你们是干什么的?"

看来，连列车长都感到十分吃惊。

"我是总裁秘书北野。"

说着，北野将身份证递了过去。一瞬间，列车长的脸上露出十分惊讶的表情。他语气缓和地问道：

"这些东西怎么处理?"

"总裁命令将这些东西放到一号车厢的十六号下铺。"

"里面是什么?"

"不让说是什么东西。反正不会是危险品。"

“不过……”

“绝不是危险品，这一点我可以保证！”

“那好吧！可一号车厢是团体包车，恐怕已经满座了。”列车长看了一下小本子，说道。

北野和十津川、本多他们不约而同地互相看了看，问道：

“这是真的?”

“是的，上下共三十四个铺，全部卖出去了。”

“没有临时退票的?”

“到现在为止还没有。”

“不会有这样的事情呀！”

罪犯清清楚楚地指明了是最末一节车厢的十六号下铺。这趟列车在开往上野时，一号车厢是第一节车厢，但在开往青森时，一号车厢则变成了最后一节车厢，这一点罪犯是不会搞错的。

还有几分钟就发车了。

“不管怎么说，先上车再对号吧！”北野说道。

于是，由列车长带路，北野上了一号车厢。

果然如列车长所说，整个车厢里坐满了人，像是一个什么团体的人。车厢之间的通道里也站满了人，他们海阔天空地聊着天。已经钻进被窝的上了年纪的人，正有滋有味地喝着威士忌酒，年轻人则看着杂志。十六号下铺是靠近车厢一头的卧铺，旁边的窗帘拉开着，铺上却没有人。

“这里有人吗?”北野问了问坐在对面的那个年龄在五十岁左右的人。

那个男人嘴上叼着烟，答道：

“这个位子是石山先生的。”

“这位石山先生，他人来了吗?”

"噢，我还没看见他的人影呢！"这个男人歪着头想了想，回答道。

七

北野迅速地跑到车厢门口处，对等在站台上的十津川他们说道：

"请装进车厢吧！"

于是，这十个口袋便被迅速地运进了车厢内。赶来帮忙的车站工作人员和北野、十津川、本多他们三个人一起，七手八脚地将它们送到了十六号下铺的铺位上。然后，北野向对面坐着的那个男人道歉说：

"如果石山先生来了的话，我们就让开。"

他们把这十袋钞票全都摆在卧铺上，先摆了六个，又在上面摆了四个。整个卧铺被挤得满满当当的。

"这是什么东西呀?"对面的那个男人好奇地问道。

"杂货什么的。"十津微笑着说道。

"杂货?"

"是呀！我们都是总店的人，刚接到通知，让我们赶快把这些东西带到青森分店，于是我们便决定搭这趟火车了。"

"是这样呀！"

"你们是什么团体呀?"本多反问道。

"我们都是喜欢旅游的人，这次是去参观恐山。"

"是下北半岛的恐山吗?"

"是的。"

"是公司的俱乐部还是什么部门组织的?"

"不，是通过旅游杂志知道的。所以，这次参加的有各界人士，比如老师、医生。我是面包房的老板。”说完，他也笑了。

“应当坐在这个位子上的人是什么人呀?”这次是北野发问了。

“叫石山。他大概是个公司职员。”

“他是哪个公司的?”

十津川正在发问，不料从他头顶上传来了一个男人的声音:

“是一家叫‘太阳工业’的公司。他还是个股长呢!”

十六号上铺的一个圆脸的男人向下看着。

“要是股长的话，也就是三十岁左右吧?”

“只有二十七八岁。”

上铺的人说话时，发车铃响了。于是，站台上传来了通知“仙鹤十三号”即将出发的广播声。

突然震动了一下之后，这趟被称为“蓝色流星”的列车便缓缓地开动了。

北野他们三个人拉上了十六号下铺的窗帘之后，走到了外边的通道上。

车窗外边的景物迅速地向后倒去，车速渐渐地快了起来。

“罪犯打算怎么动手呢?”北野问道。

本多打着火，点上烟之后说道:

“不知道。我们在到达青森之前，大概还会得到指令的。这趟车不是和东京调度室通过无线电进行联系吗?”

“是的。”

“所以我想，罪犯会给总裁打电话，然后总裁会通过东京调度室通知我们。”

“您认为罪犯还会发出什么命令吗?”

“当然了。比如在列车刚要通过大桥的时候，要我们把这些口袋扔下去。”

“但是本多先生，这趟列车是空调式的，窗户是打不开的。在行进中，车门也是关着的呀。”

“厕所的窗户不是开着吗？有一部叫《天堂与地狱》的电影，不就是在特快列车上将赎金从厕所小窗户的空隙处扔出去的吗?”

“不错。但厕所的小窗户只开了一点点，这么大的口袋是无论如何都通不过去的，所以这个想法不对。”

“不过也有可能在哪个车站停车时要我们运出去。但有车站工作人员在场，这也说不通呀！”

“那我们能不能这样考虑：这一号车厢内的全体乘客都是罪犯?!”

“什么，全体乘客？恐怕还不能这样想吧！”

“为什么?”

“因为三十人以上的劫持犯罪团伙是没有先例的。即使是十人以上，也不好统一指挥，而且容易发生内讧。规模如此之大的劫持，是特别需要协调统一的！因此，就算是人多，我认为也会在十人以下。”

八

北野和本多谈话时，十津川仔细地检查起一号车厢来。

车厢两头都有门。车厢尾部与行李车厢的连接处的门上挂着锁。

通往前面二号车厢的大门没上锁。因为此时已是将近12点了，所以他们所在的这最后一节车厢大概不会再有人来了。

通道上的窗户很大，并且是固定的，打不开。十津川心想："这不是一间密室吗?"

因为可以很好地利用车厢内的冷气设备，所以车外是三十摄氏度以上的酷暑，而车内却十分凉爽。

离开上野站之后，很快就要检票了。

当火车到达第一个停车站——水户站的时候，在通道里说话的人们都返回了各自的房间，不一会儿就听到了鼾声。

但北野他们三个人却不能睡觉，因为只有一个铺，周围也没有空铺。没有办法，他们只好坐在安装在通道里供旅客坐着的折叠椅上熬时间。

火车按预定的时间在深夜 12 点 46 分到达了水户站。

车门打开时，他们三个人顿时紧张起来。不过，什么异常的情况都未发生。

因为一号车厢里的旅客全都去青森，是一个团队，所以没有一个人出来。

罪犯没有发出任何命令。

火车停了九分钟之后，便又开始向前行驶了。

"罪犯没有干什么呀!"北野十分急躁地说道。

"因为目前主动权在罪犯手里，所以除了等着，别无他法。"十津川无可奈何地说道。

"可现在都 1 点了！再有九个小时，'神秘号'若到不了东京站，那还不乱了套呀！'神秘号'是在向西行驶时消失的，可为什么这趟列车向北开呢? 这太奇怪了!"

"可是罪犯要我们把赎金放在这趟列车上。这样的话，与其等着罪犯再次发出命令……"因为太急了，十津川的舌头不太灵活，所以只说了一半的话。他赶忙定了定神儿，继续说道：

"与其等待，我们——"他像是在斟酌字眼。

到底怎么啦？这是怎么回事？

十津川突然感觉自己的头脑变迟钝了，眼睛也突然看不清东西了。他突然意识到：被麻醉了！

这是谁施放的氯仿？啊，对啦，这是被通气冷风机吹进来的！车厢是完全密闭的，这下整个车厢里都是氯仿了！

他从椅子上站起来，想打开车窗。他虽然知道这是打不开的，但还是拼命地用力。他终于支撑不住，一头栽倒在地上。

九

"你再给我睡！"十津川在梦中叫了起来。他感到额头上放着一个冰凉的东西。

这是一条湿手绢。有了这条湿冷的手绢，十津川才醒了过来。列车长正站在他的身边，担心地看着他。

"不要紧吧？"

"是氯仿——麻醉药。"

"这种香味就是氯仿发出的吗？我从六号车厢赶来一看，大家都摔倒在车厢之间的通道上，着实吓了一跳！"

"现在到什么地方了？"

"现在是两点50分，已经过了富冈。"

"两点50分？"

也就是说，他昏迷了近两个小时。十津川歪歪扭扭地站了起来。这时，车厢内氯仿的香味已经变淡了，但他的头依然十分沉重。

北野和搜查一科的科长本多还倒在地上。

"请您照料一下这两个人吧！"十津川对列车长说，然后摇摇晃晃地向十六号下铺走去。大概车厢里的乘客也都吸进了氯仿，一个个都沉睡着。

十津川好不容易才挣扎到十六号下铺跟前，拉开了床铺上的布帘。他立刻惊呆了：整整十口袋的钞票全都不见了！十津川像挨了当头一棒似的涨红了脸。他立刻向列车长挥了挥手，大声问道：

“从水户站开出后，又在哪个车站停过?”

“只是两点 11 分的时候在平站停了一次，也就六分钟。”

“停过车?”

“但那是运转停车，没有乘客上下车呀!”

“真的? 真的没有吗? 也没有因生急病而下车的乘客?”

“没有，真的没有。各车厢的车门都没有打开。我是站在站台上的，没有看到任何一个乘客从车上下来。”

“过了平站之后呢?”

“那就再也没有停过车了!”

这么说，拿走那十亿日元赎金的罪犯一直隐藏在这趟列车上!

第三章 “仙鹤十三号”

一

“仙鹤十三号”像什么事情都没有发生一样，不断地划破漆黑的夜幕向前疾驶。

搜查一科科长本多和北野在洗漱间里洗了洗脸，但头还是很痛，眼睛也十分干涩。

本多一边擦着眼睛，一边问道：

“十亿日元不要紧吧?”

“干得真干脆，全都没了！罪犯一定是用氯仿将一号车厢内的乘客全都麻醉了之后，将那十亿日元抢去了！”

“到底是怎么干的呢?”

“这还不清楚?”

“到底是怎么回事?”

“事情是这样的：这趟列车在水户站停车之后就没有在任何车站停过车。准确地说，这趟列车两点 11 分时在平站停了六分钟。不过，这只是运转停车，并没有乘客上下车，而且车厢的门也没有打开。”

“也就是说，罪犯还在这趟列车上！”

这时，一筹莫展的本多眼睛一亮，说道：

第三章　“仙鹤十三号”

“是不能光考虑赎金被运了下去，恐怕这些钱还在车上呢！可是车厢的门没有打开，窗户又是那种固定式的。”

听到这里，北野兴奋地眨着眼睛看着十津川。

十津川把目光投向了列车长，问道：

“能不能告诉我，后面的停车站有哪些?”

“包括运转停车的车站吗?”

“对。”

十津川点头的时候，只听见轰的一声，开往上野的另一趟上行列车“仙鹤号”疾驶而过。

于是，列车长将记录着本次列车停车站的笔记本递过去让他们看。

●3：13 桃内站（停车三分钟）

●3：30 原街站（停车两分钟）

●4：13 逢隈信号厂（停车三分钟）

●4：36 仙台站厂（停车两分钟）

5：46 一关站（停车一分钟）

6：08 水泽站（停车一分钟）

6：23 北上站（停车一分钟）

7：00 盛冈站（停车两分钟）

7：58 一户站（停车三十秒钟）

标有“●”的为运转停车。

“从这个表上看，从早晨5点46分停车的一关站开始，以后各站便是乘客上下车的车站了。”

十津川像再次核实似的，又问了一下列车长。在这个本子上写着，从一户站以后，依次还有三户站、八户站、三泽站、野道地站，到达终点站青森站的时间是上午 9 点 55 分。

“是这样的。”列车长在一旁点着头答道。

“会不会是罪犯用氯仿将我们麻醉了之后，将这十亿日元运到别的车厢里去了呢?”北野望着十津川。

“只能这样考虑了。他们把这些钱放到了自己卧铺的下边。我们没有见到他们，因此他们不必担心。我想等到了早上停车的时候，注意有没有人将口袋运出去就行了。”

“不过，警部，有十个口袋呢！每个重十三公斤。要是一个人的话，无论如何也带不出去呀!”

“有五个人就够了，一个人可以提两个。这些人一定是劫持‘神秘号’列车的罪犯，绝不会是单独作案。”

“非运转停车的第一个停车站是 5 点 46 分到达的一关站。罪犯们会不会在这一站把这十亿日元运出去呢?”

“说不好。我们是不是应该先派人埋伏好呢?”

二

“具体怎么干才好呢?”北野问道。

一号车厢的乘客因氯仿的作用，仍处于沉睡状态，其他十节车厢的乘客在这个时候大部分也在睡眠之中。因此，现在还不能把他们挨个叫起来，搜查每个人的卧铺。如果采取这样的做法，那么整列火车都会发生骚乱。

“卧铺解体是什么时间?”十津川问列车长。

“上午 7 点左右。”

“7 点？那不就到盛冈了吗?”

“是呀，从那时开始将卧铺解体，全部改成座席。”

难道就一直等到那个时候？可在此之前还有一关、水泽和北上三个停车站哪！一直等到7点，罪犯要是逃跑了可怎么办？

于是，十津川便给列车长出了个主意：

“我们在列车的行驶过程中和外边联系一下怎么样？”

“车上的人不是和东京调度室用无线电话进行联络吗？”

“这样也行。我们通过无线电话让每个车站来几位铁路警察帮一下忙吧。”

“需要多少人呢？”

“这趟‘仙鹤十三号’列车是由十一节车厢组成的客车，要全部监视起来。像这种B型卧铺列车，只看住一头就可以了，所以一个人就可以检查一节车厢的全部乘客。这样一来，我们三个人可以检查三节车厢，那么就还需要八名铁路警察。”

“我们的乘务员也协助你们！”列车长说道。

“那太感谢了，不过你们还有照料乘客的工作呀！但我们还是希望能和你们合作。”

“我知道了！”

“下一站是桃内站的运转停车吧？”

“是的，可因为这是个小站，所以铁路警察……如果到了下一站，就是原街站，再找铁路警察，还来得及吗？”

“也可以。那就快点儿联系一下吧！万一人数不够，最好能请福岛县的警察帮一下忙。”

无论他们采取什么样的措施，目的都是一个：决不允许罪犯带着那十亿日元从这列火车上逃出去。

他们很快便与东京调度室进行了联系。他们并没有将理由说得很明白，只是要求让八名铁路警察在原街站待命。

于是，接到了命令的警察便迅速地从各个车站赶到了原街站。

“仙鹤十三号”在桃内站停车三分钟之后继续行驶，于凌晨3点30分进入了原街站。

站台上看不见一个乘客的身影，只有荧光灯闪烁着蓝白色的光，把站台照得雪亮。铁路警察站在灯下，十分显眼。

于是，十津川让列车长打开了车门，自己和本多下了车，来到了站台上。

大概这里靠近大海吧，吹到站台上的风有点儿凉。

站在站台上向“仙鹤十三号”望去，它像一条沉睡的巨大爬虫。每节客车的窗帘都未打开，大概乘客还都处于睡眠之中吧。也许罪犯就在他们当中。

十津川让这八个警察看过他的身份证之后，对他们讲，有一伙没有露面的罪犯掳走了一笔巨款，他们很有可能在这趟列车上。

“这些钱都装在宽二十五厘米、长七十厘米的十个口袋中，总金额达十亿日元。袋子是浅褐色的，每个口袋重约十三公斤，总重量约为一百三十公斤。”

“罪犯不是一个人?”这些警察表情紧张地问道。

“的确是一个团伙。不过，对于罪犯的情况，我们一无所知。他们长得什么样、年龄多大、是男是女，我们都不清楚。另外，罪犯很可能将这笔巨款分装到小型旅行包和大手提包里。关于这一点，务必请诸位加以注意!”

“罪犯和这十亿日元肯定还在这趟列车上吗?”

“是的。深夜12点46分，本次列车到达水户站的时候，这十亿日元还没有丢失。在这以后，没有乘客从这趟列车上下来。除了正常的运转停车之外，火车始终是在行进中的。”

在原街站只停车两分钟。于是，十津川进行了简单的交代之后，这些警察便迅速登上了火车。

“仙鹤十三号”连发车铃也没有响便驶出了原街站，大部分乘客可能根本不知道停过车，还在梦中呢。

十津川上了车之后，便在一号车厢的通道上和这几名警察商量了一下。随后，他们便分头去了各个车厢。

十津川他们三个人分别到了一号至三号车厢。他们站在了车厢门口。随后，列车依次在逢隈信号厂、仙台站作了运转停车，没有一个乘客下车。

车窗外渐渐亮起来，酷热的太阳渐渐地升了起来。

早晨5点46分，列车准时到达了一关站。车门打开了。

十津川所在的一号车厢内，所有的乘客都是前往青森旅游的，所以没有一个人下车，也没有上车的乘客。大概是由于氯仿的作用吧，他们好像还在梦中呢！

在一关站，有十七名乘客下了车。他们都带着很大的行李，所以在车门口被警察拦住，仔细地检查了行李。于是，引起了一场小小的骚乱。但是，这些警察及时向下车的乘客解释了一下，说车上有抢劫银行的逃犯，要求乘客给予配合。大概是这些乘客也怕不积极配合会背上逃犯的嫌疑，所以检查工作基本上还是进行得比较顺利的。

停车两分钟后，“仙鹤十三号”继续向北行驶。在一关站下车的十七名乘客中，也许就有罪犯，但没有发现那十亿日元的踪迹。十津川想，罪犯也不至于将好不容易弄到手的钱白白地丢在车内而只身逃跑呀！

列车依次在水泽、北上站停过车，于早上7点整到达了盛冈站。

不用说，在这个地方上下车的乘客特别多。

早上7点可能是个“黄金时间”吧，有二十六名乘客下车。他们大概都是许久没有回过家的人，所以随身的行李非常多。

当然，全部行李都被检查过了，但还是没有发现十亿日元的巨款。

随后又上来了五名乘客。由于7点车厢内将由卧铺改成座位，所以上车不再需要卧铺票了。

这时，上来了五名专门进行卧铺解体工作的操作人员。原来这项工作都是国铁的职员干的，现在这样的事情都委托给当地车站的雇员干了。

这五个人都是二十多岁的年轻小伙子。“仙鹤十三号”驶出盛冈站之后，他们便动手干了起来。

他们像变魔术似的十分熟练地干着，乘客们用十分佩服的目光看着他们。

这时，十津川和八名警察随着这五名操作人员一个一个车厢地走着。在操作人员进行卧铺解体时，乘客们都要站到车厢连接处的通道上去，所以此时很容易观察到卧铺和行李架上的情况。

从盛冈站到下一个车站——一户站，要运行一个小时的时间。于是，十津川他们便利用这段时间彻底地检查了一下。到目前为止，十津川绝对相信这十亿日元巨款还没有从车厢内被运到车外边。

卧铺解体的方法是将上铺升到车厢的顶部，将下铺改成座位。由于相互分隔的窗帘被打开了，所以要想存放那十口袋巨款是不可能的。他们只要看到可疑的行李包裹，便将货主叫来打开检查。

当然，厕所也是不能放过的。

十津川他们三个人，再加上那八名警察，一共十一个人，分成两路：一路人马从前方的十一号车厢开始检查，另一路人马从最后一节车厢，即一号车厢开始检查，两路人马同时进行检查。但结果别说十亿日元了，就连一百万日元都没有发现。

他们仍不甘心，又查了一次，这次还请了两名乘务员帮忙，结果还是大失所望。即便是把钱从口袋里装入手提箱之类的行李中，那十条空口袋总还应该在什么地方吧，但连一个口袋都没有！

不一会儿，列车就到了一户站。

难道罪犯成功地逃脱了？十津川的脸上露出了焦急的神色。那十亿日元巨款究竟到哪里去了呢？

“能找的地方全都找过了。”本多耸了耸肩，说道。

这列火车的窗户都是固定的，根本打不开，所以不可能把十个口袋从窗户那儿扔出去。如果说有可以打开的地方，那么就只有厕所的窗户了。不过厕所的窗户充其量也只能打开十厘米的缝隙。那十个宽二十五厘米、长七十厘米的口袋无论如何都不可能被他们从那么小的空隙中扔出去。

即使他们将里边的钞票取出来，一捆一捆地扔出去，那也是十亿日元呀，要花费很长的时间。而且，把厕所门关那么长的时间，一定会招致乘客的怀疑的。

这些钱是按一百万日元一捆包装的，如果一捆一捆地扔下去，散落的范围是相当大的，再把它们收集起来可不是件容易的事，因为当时列车的时速是每小时七十公里呢！如果从车上扔下一千捆一百万日元一捆的钞票，恐怕根本捡不干净。

“啊，会不会在行李车厢？”本多小声地问。

“行李车厢？”

“是呀！如果罪犯中有国铁的职员，这是完全可能的。而且，一号车厢旁边就是行李车厢。也许在我们被氯仿熏晕过去的时候，他们将这些钱运到了行李车厢。如果是这样的话，你怎么检查客车车厢也检查不出来呀！"

三

本多接着说道：

"劫持'神秘号'列车事件本身不就暗示着与国铁有一定的关系吗？如果这次事件又与国铁有关的话，那么他们不是也可以把同伙隐藏在行李车厢里见机行事吗？而且，尽管有几次运转停车并没有乘客上下车，但确实有行李被装卸呀！既然他们能够将十亿日元的巨款运到行李车厢里去，那么他们也许会趁机将这笔钱和其他行李一道运到火车外边去。"

由于总裁的秘书北野在身边，所以本多开始时尽量小声地说，但后来声音越来越大了。北野大概是听到了他说的话，于是插了一句：

"我并不认为有国铁的职员卷入了这两次事件！"

听到这里，十津川点了点头说道：

"我也这么认为。不过，本多科长的话也有一定的道理。因为行李车厢确实与我们放十亿日元的卧铺车厢相邻并连接着，所以那笔钱非常容易被运送到那里。所以说，这的确是我们忽略了的地方。"

"行李车厢可不一样呀！"北野断然地说道。

"为什么？"

"从一号车厢的客车车厢是到不了行李车厢的，因为门被锁着，而且客车车厢是客车车厢，行李车厢是行李车厢，这是互不相通的两节车厢！客车车厢的门钥匙在列车长手里，难道能把他看成是罪犯的同伙？"

“当然不能把列车长看成是罪犯啦！”十津川连忙解释道。

本多在一旁点了点头，表示同意十津川的看法。但他又很快地摇了摇头，说道：

“可是，如果这也不是，那也不是，那么十亿日元巨款到底被弄到哪儿去了呢？”

正在这时，“仙鹤十三号”开进了一户站。

下一个车站是三户，两个车站都只停车三十秒钟。因此，似乎只是一瞬间的工夫就又开车了，而且没有上下车的乘客。8点34分，火车到达了八户站，停车两分钟。

八户既是一个有名的渔港，又是一个商业中心。从盛冈站上车进行卧铺解体工作的那五名操作人员在这里下了车。

另外还有二十九名乘客在这里下了车。不用说，没有一个人是带着十亿日元巨款下的车。

接下来便是三泽站，恐怕在这一站同样查不到那十亿日元，更不会抓住罪犯的蛛丝马迹。

“那几个操作人员靠得住吗？”十津川突然问道。

这时，“仙鹤十三号”已经开始移动了。本多从车窗向站台上望着那勾肩搭背走着的五名操作人员的背影。那五个人的身影很快就消失了。

“那几个人什么也没有拿下车呀！”

“他们只是来干卧铺解体工作的。当时乘客都被轰到通道上去了，下铺改成了座位，根本藏不了那十亿日元。可是，上铺被推到了车厢顶上，会不会有人借机将这十亿日元隐藏起来呢？”

四

“如果这些操作人员确实隐匿了那十亿日元，那么他们不是应该在八户站下车吗？”本多问道。

列车加快速度，向着下一个车站——三泽站疾驶而去。强烈的夏季阳光从窗帘外面射进来。

“也许是共同犯罪，他们各自都有任务吧！这列火车到达青森后，是应该在车辆基地进行保养和维修吗？”

“嗯，要在青森进行保养和维修。”北野说道。

这时，半天没有说话的十津川以十分肯定的口吻说道：

“这么说，极有可能是他们！肯定是在青森的车辆基地有同谋等在那里，伺机将他们隐藏的东西取了出来！”

“不过，十津川君，我们可是始终和这几名操作人员待在一起的呀！无论他们干什么，我都是看得十分清楚的。我认为我们几乎是两个人跟着一个操作人员，所以他们根本没有隐匿那十亿日元巨款的机会呀！”

本多这么一说，北野似有同感地说道：

“我也和本多先生一样，认为这几个人没有作案的机会。”

“可这样一来，那十亿日元就不翼而飞了。”十津川一筹莫展地看了看车厢的周围。

因为将卧铺收起来，改成了座位，所以这列火车便成了普通特快列车。

列车上的乘客们面对面地坐着，海阔天空地聊着天儿。

面对此情此景，十津川的头脑里不禁闪过一个念头：这整列火车上的乘客不会都是罪犯吧！无论谁在这种和睦的气氛之下，都会觉得他们与此事无关。

难道是这三百多名乘客瓜分了这十亿日元？平均每个人能得到三百万日元的赃款呢！而且，如果每个人拿到三百万日元，无论藏在哪里都是不会被发觉的。

不过，连十津川都感到这样的想法是不能成立的。虽然每个人都可以得到三百万日元，但为此而劫持“神秘号”列车上的四百名乘客，似乎太不值得了。而且，这个犯罪团伙不可能有力量把手伸到这次的“仙鹤十三号”列车上。

“说不定这十亿日元已经被运出火车了。”十津川自言自语道。

实际上，说这句话就等于承认自己完全败在罪犯的手上了：罪犯在脱身的时候，把那十亿日元巨款一点儿不剩地弄走了！警方完全失败了！

更有讽刺意味的是，他们不但让罪犯逃掉了，而且没有见到过罪犯的模样！作为警察，再也没有比这更丢人的了！

但他并不想承认失败。他还抱有一线希望：这十亿日元还在列车上，而且罪犯还没有下车！他希望在下一站能抓住劫持了十亿日元巨款的罪犯。这样的话，就有了将那笔巨款夺回来的机会。

然而，凡是能搜查的地方全都搜查过了呀！

“不过警部，是不是可以认为罪犯无论如何都会设法将那笔钱弄走呢?”北野问道。

“我们在离开水户站的时候，不幸被氯仿麻醉了，全都失去了知觉。那时正好是后半夜1点左右，罪犯会不会在那个时候将那笔巨款弄出了列车? 我们在原街站请来了八名警察，逐一地检查了所有乘客的随身行李，不是一无所获吗?”

“警部醒过来的时候，火车还在行驶吧?”

“是的，以每小时近七十公里的速度行驶在漆黑的铁路线上，可装着十亿日元巨款的口袋却无影无踪了。”

“在那期间只在平站一个车站停过车，而且没有打开车门，也没有乘客上下车吧? 如此看来，要把这十亿日元带出火车，是不可能的。”

"我也是这样想，但我们不是彻底地搜查过了吗？不是什么也没有发现吗？当我苏醒过来的时候，这十亿日元已经没有了。因为没有乘客上下车，所以我想，罪犯会不会是把这十个口袋从什么地方扔到了列车外边？我认为极有可能有同谋者在预定的地方等着。因为是黑夜，所以被发现的可能性小，危险性也小。"

"可他们是从什么地方扔出去的呢？"北野不相信地摇了摇头。

"哎，我也这么认为，可——"十津川立刻收住了口，仔细地在车厢内巡视着。

只有一处手动装置能够将车门打开，罪犯会不会是从此处将车门打开，在黑夜里从行驶的火车上将这十个口袋扔下去了呢？

不过，这个手动装置虽然是自动控制的，却只有列车长能操作。

再有，窗户是固定的，根本打不开。

厕所的窗户也已经查过了。

万般无奈，十津川只好建议道：

"咱们还是走走看吧！"

五

十津川从一号车厢向二号车厢走去，本多跟在后面。

能把这十亿日元巨款扔出列车的地方到底在哪儿呢？

十津川走过二号车厢、三号车厢，来到了四号车厢。突然，他站在四号车厢与五号车厢连接处的铁板上不动了。

"怎么回事？"本多在他背后差点儿和他撞上。

第三章 “仙鹤十三号”

“这块铁板下边有什么机关吗?”十津川蹲下来问道。因为这时火车还在高速行驶，所以他晃晃悠悠地站不稳。

“我想这下面应该有一个连接器。”本多说道。

于是，十津川便将这块十分沉重的铁板用力地搬了起来，以便进行观察。

但下边并没有连接器，只有一个像暗箱似的口袋，一直通向车厢的两侧，用螺丝钉固定着。

这是一个合成革制成的袋子。

“如果把它撕了呢?”十津川看着本多说道。

本多试着把身子从这里探出去。十津川一边用手敲着这个袋子一边说道：

“把它的下部撕开一个大口子，不就明白了吗?”

“你是说，他们可以将那十个口袋从这里扔到火车外边?”

“是的！他们把那十个口袋依次从这里扔到线路上，然后再由同伙一一收起来。这样一来，车上就没有必要留五六个人了，只要两个人就够了。”

“难道这就是那个地方?”

“不！肯定是在一号车厢和二号车厢的连接处。一号车厢里是团体乘客，很重要，在中途查票后，乘客和列车长都不再来这里了，于是他们就可以放心大胆地干了。”十津川一边说着，一边快步向一号车厢的方向走去。

他走过了二号车厢，来到了与一号车厢相连的地方，把那块铁板抬了起来。

“看！果然是这样的!”

这个皮革的袋子被撕开了一个长方形的口子，从那儿可以看到地面!

十津川用力将那个裂口处向两旁分开，窟窿立刻变得更大了。这是一个宽二十五厘米的洞！

"畜生！"本多这个难得说句粗话的人也不由得骂了起来。

"口袋的宽度正好是二十五厘米，从这儿扔到外边可是太容易了！"

"而且高度正好是七十厘米！正是卧铺的尺寸。从这里扔出去，还与地面的高度有关系呢。因为此处距地面不到一米高，顶多有八九十厘米吧，所以，过高的口袋不能顺当地到达地面，而如果是七十厘米的话就比较顺当了。这可是经过精心计算的呀！"

"这么说，那十亿日元已经……"本多十分遗憾地说道。

十津川盖上了铁板，站起来分析道：

"这伙罪犯用氯仿把我们麻醉了之后，很快就干了这件事。当然，他们的同谋事先等在了预定的地方。他们守候在铁路沿线，专门等着这趟列车到达。虽然是在黑夜，但他们提前几天注意观察'仙鹤十三号'，就可以准确地掌握它几点几分通过这里、走哪条轨道等情况。而车内的罪犯则按预定的时间、地点，将这十口袋巨款一一扔下车去。其实，如果时间定好了，地点自然也就定好了。他们把这件事干完之后，再将铁板恢复原貌，便可以神不知鬼不觉地回到自己的卧铺上去了。而且，他们在一关站就可以从从容容地下火车了。"

"这些混蛋！"本多气愤地又骂了一句。

十津川将袋子的裂口处让北野看了看。北野十分吃惊地看着这么大的窟窿说道：

"这么说，我们已经失去逮捕罪犯的机会了。这可是抓住他们的唯一机会呀！"

"不，还不能这样想。"十津川十分果断地说道。

"可是我们在被罪犯劫走了十亿日元巨款之后，连他们的长相都没弄清呢!”

“确实是这样!”

“事情发生在深更半夜，所以要找到目击者恐怕是根本不可能的。‘仙鹤十三号’是特快列车的最后一趟车，因此不会有车站工作人员或巡道工看到这个场面。可以说，罪犯选择了这列火车是万无一失的！他们可以不慌不忙地去把散落在地上的口袋一一收集起来。”

“还有四百名乘客当人质呢!”

“罪犯会把人质送回来吗?”

第四章
追踪

一

在确认罪犯已经逃脱了之后，十津川他们认为，必须尽快返回东京。

“必须回东京重新制订方案，寻找线索。”

北野用电话向木本总裁全面汇报了情况之后，他们三个人从三泽乘飞机赶回了东京。他们乘坐的是上午 9 点 35 分的“东亚国内航空公司”的 DC—9 型飞机，10 点 50 分到达了东京羽田机场。

下了飞机，他们急忙要了一辆出租汽车，于 11 点 40 分到达了国铁总公司。

按原来宣布的时间，“神秘号”列车应于当天上午 9 点 30 分到达东京车站，但这个时间早就过了。

前来打听事情的乘客的亲属们是不是蜂拥而至？把十亿日元赎金弄到手的罪犯把“神秘号”列车和四百名人质送回东京站了吗？

北野一边这样东猜西想着，一边和十津川警部、搜查科科长本多一起进了总裁室。

十津川他们此行既没有抓住罪犯，又让罪犯顺利地劫走了十亿日元赎金，这些事木本一概没提，他只是对他们说：

“各位辛苦了！”

“实在对不起！”本多不知如何是好地低下了头。

北野一边注意着时间，一边向木本打听着：

“‘神秘号’列车到底怎么样了?”

木本眨了眨因缺乏睡眠而发红的眼睛说道：

“我刚接到你们的电话不久，罪犯就打来了电话，正好是在‘神秘号’列车按计划上午9点30分回到东京站的时间。”

“他说了些什么?”十津川问道。

“我已经录音了，你们听听录音，比我讲要好一些。”

于是，本多打开了录音机。不一会儿，里面传来了一个男人的声音。

“是木本先生吗?”

“是的。赎金想必收到了吧！人质快点儿归还吧！还有‘神秘号’列车。”

“不错，钱收到了。不过，人质还不能马上归还给你们，要等到二十四小时以后。”

“为什么? 你为什么要违反约定? 我们事先可是说好了的：收到赎金就把人质和火车送回来！”

“可赎金只有九亿日元，还差一亿日元呢！”

“胡说！我们是照你说的那样，准备了十亿日元，每一亿日元装在一个口袋里，运上了‘仙鹤十三号’列车。这可都是照你说的办的！你们不是从连接器上的布袋那儿撕开口扔下去的吗?”

“是那样的，不过我们只发现了九个口袋。还差一亿日元，所以人质不能很快归还给你们！”

“你们是不是把那一亿日元藏起来了，想制造麻烦，好进一步敲诈我们?”

“我们说的可是事实！我们要十亿日元，可你们偏偏就给了九亿，所以人质必须等二十四小时以后再说。你们要利用这段时间再准备一亿日元。等我们的电话吧！”

“可我们已经出了十亿日元了！”

“就这样，还是别反悔吧！不管怎么说，我们只收到了九亿日元。列车我们可是想快点儿还给你们的，它可是国铁的财产呀！”

“喂，喂！乘客的情况……”

二

录音到此为止了。罪犯单方面挂上了电话。

“这家伙撒谎！”北野十分气愤地说道。

“十亿日元全都没有了！什么还缺一亿日元，纯粹是胡说八道！”

“从水户到平站的铁路线，调查过了吗?”十津川问道。

“你们打来电话之后，我立刻就让巡道工去查了。据说十个口袋一个也没有找到，大概是天亮之前就被罪犯全部收走了。”

“罪犯是在说谎！他们这是信口胡说，目的是再敲诈我们一亿日元！”北野愤愤地说道。

“这么一来，他们说要把列车尽快归还，这些话得认真地分析一下。”木本有些闷闷不乐。

“罪犯的话不能全信。从打电话的情况来看，还不能认为他是个守信用的人。但如果这伙罪犯真的不归还火车和人质，那么四百名乘客的亲属都闯到这里来兴师问罪怎么办?”北野终于说出了自己一直担心的事情。

“这一点不必担心。我已经托付给旅客局局长柴田君了，让他妥善地处理好。他已经到达了东京车站，估计一会儿就会回来报告那儿的情况。”木本说道。

“如果柴田局长真能……”北野多少有些放心了。柴田局长被称为“国铁的万事通”，平素为人忠厚，不爱出头露面，但在发生这类麻烦事的时候，上司往往会想起他来，因为他可以为国铁的事情不惜一切代价、全心全意地努力去干。

十五六分钟之后，这位柴田局长晃动着稍胖的身躯来到了总裁室。

因为头发稀少，显得他的额头十分宽大。他满脸是汗地向屋里的本多和十津川轻轻点头示意后，向木本总裁报告说：

“好歹解决了!”

“你是怎么干的?”

“到东京站迎接乘坐‘神秘号’列车的乘客亲属，共来了五十个左右。有二十多个亲属没有来，只打来了电话，其中有著名演员西本功先生的夫人，因为他们十岁的孩子也在这列火车上。”

“你是怎么给这些人解释的?”

“我说，虽然火车只是晚点了，但我也并不指望他们能予以谅解。我首先向他们公布了‘神秘号’列车的具体行车计划。我对他们说，‘神秘号’先到梅小路机车区，在那里组织乘客参观旧式蒸汽机车，随后便沿山阴本线前往鸟取参观沙丘，然后经因美线、津山线到达冈山，从那儿经山阴本线、东海道本线回到东京。”

“然后呢?”

“我是这样答复的：在梅小路机车区参观保存下来的旧式

蒸汽机车时，有的乘客希望到山口线去看一下真正的蒸汽机车。由于这个呼声比较强烈，于是大阪铁路局立即改变了‘神秘号’列车的行车路线，在鸟取参观完沙丘之后，便沿日本海向益田驶去，从那儿进入了山口线。在那里参观完蒸汽机车之后，又驶向小郡，再返回东京。为此要耽搁整整一天，也就是二十四小时。我已经布置好了，以后再有人问起此事，都这样回答。”

“嗯，太好了！这些乘客的亲属都能理解吗?”

“乘客中孩子比较多，所以家长们对孩子能在山口线实地看一下蒸汽机车表示满意和理解。大概他们也担心以后孩子们会纠缠着要去山口线看蒸汽机车！”

“社会舆论方面怎么样?”

“好像报纸、电视还没有注意这件事情，大概是因为‘神秘号’列车本身就很滑稽，而且正好在这个时候发生了一起飞机失事事件。”

“飞机失事?”

“怎么，总裁还不知道吗?”

“嗨！昨天整整一天被‘神秘号’列车的事搅得晕头转向，连电视都没有看！”

“晨报还没有登呢，但因事情很稀奇，先出了号外，我买了一份。”

说着，柴田从口袋里掏出了一份报纸，放在桌子上让木本看。只见报纸上的消息为：

冲绳那霸机场波音 747—AR 飞机着陆失败起火！

18 时 40 分由东京起飞的全日航空飞机。死伤达三十人！

三

但这张号外上没有详细登载这一事件的具体情节。

“报纸和电视目前还没有继续追踪报道这一事件。”柴田局长补充道。

“不过，柴田君，”木本说道，“新闻界一旦知道了劫持四百名乘客的事件，便会杀向‘神秘号’列车来的呀！”

“我也这样想。另外还有一件头疼的事情。”

“什么事？”

“有一个人知道‘神秘号’列车没有到过鸟取站。”

“是我们国铁系统的人吗？”

“嗯，不是，她是《旅窗》月刊的女记者，名字叫乘兼由纪子。”

“这个杂志我知道。以前就国铁发展问题，他们的人同我接触过。可是，这个女记者为什么会知道‘神秘号’没有到过鸟取站呢？”

“这是因为她的一个叫津山的同事为了采访而坐上了这趟‘神秘号’列车。他们约好昨天中午通电话，但津山却没有打来电话。她不清楚火车到了什么地方，于是昨天来东京站询问。青木助理和她是老熟人，并且他们连做梦都想不到会有劫持事件发生，所以就向鸟取方面打听了一下，于是便知道了‘神秘号’根本没到过鸟取。”

“原来是这样啊！那么，她知不知道后来发生的这些事情——‘神秘号’被劫持的事情？”

“她当然不会知道了！”

“这个杂志的出版日期是……”

“每月25日。”

“也就是说，还有15天！先放一放再说。注意一下她还有什么举动。”

木本正说着，电话铃响了。屋里的气氛一下子紧张起来。

在本多的催促下，北野定了定神儿，拿起了听筒。但他的情绪一下子放松下来，将听筒递给了十津川，说道：

“是刑警龟井打给警部的。”

十津川立刻接过话筒，问道：

“有什么事，龟井?”

“在多摩川发现了一具可能与你那个案子有关的尸体。”

“尸体?”十津川看了本多一眼。于是，本多说道：

“你立刻赶回去吧，我一个人留在这里就可以了。你从其他角度再来调查一下这件事情。带谁都可以，但一定要和这里保持联系。”

因为这关系到四百个人的性命，所以还不能进行公开的搜查。他们一直在总裁室里等着罪犯的电话，与罪犯进行着一场“战斗”。

十津川很快便赶回了位于樱田门的警视厅。龟井正在大门口等着他。

“能不能详细地说说?”十津川一见面就急切地问道。

“是这样的：昨天早上，有人在大田区南六乡附近的多摩河岸边发现了一具全裸的男尸。死者的年龄有三十五六岁。”

“那一带是西蒲田警察署的管辖范围吧?”

“是的。开始认为，此人是由于不能忍受盛夏的酷暑而跳入多摩河中，由于突发性心脏麻痹症而溺水死的。”

“有什么不同意见吗?”

“为了慎重起见，我们进行了尸体解剖，发现有被勒死的迹象，在他身上还有多处被钝器击伤的痕迹。”

“是他杀?”

“对。一个小时之前，在西蒲田警署成立了搜查总部。”

“不过，这也说不上与‘神秘号’列车有关系!”

听十津川这么一说，龟井向他靠近了一些：

“我也是从西蒲田警察署那里听说之后才醒悟的。在那个人的前额处有一条因经常戴帽子而造成的日晒线。据说那个人的身份还没有搞清楚。”

“帽子呀！最近戴帽子的人可太少了，一般的公司职员和学生都不戴帽子了。”

“所以，那名死者的职业有可能要求他经常戴帽子。”

“要求戴帽子的职业可就多了，警察、自卫队员、消防队员……”

“还有列车的乘务员!”

“是呀！乘务员也常常戴帽子呀!”

“另一个使人感兴趣的就是对他死亡时间的推测。从解剖的结果来看，他死于 8 月 8 日夜间 10 点至 12 点。”

“‘神秘号’列车从东京站出发的时间正是 8 月 8 日半夜 11 点 59 分！不，听说有一个乘务员来晚了，导致列车的出发时间推迟了五六分钟。”

“怎么样，调查一下这个死者吧?”

“好！一块儿去西蒲田警察署吧!”

四

十津川和龟井到达西蒲田警察署之后，当地的警察让他们看了一下从大学附属医院验尸完毕运回来的死尸。

死者身高1.72米，体格健壮。在他的前额处果然有一条日晒的痕迹，大概是由于经常戴帽子而形成的。他身上连手表和戒指都没有，真是“全裸”呀！

“这个男人的物品一件都没有发现吗?”十津川问西蒲田警察署的年轻刑警长谷川。

“是的。我们搜遍了附近的河床，什么东西都没找到。可能是水流将罪犯的一切痕迹都冲走了。”

“谁是死尸的发现者?”

“是到那儿玩儿水的孩子们。”

“孩子们?”

长谷川点了点头。十津川让他在地图上将发现死者的地点标出来。然后，十津川和龟井从西蒲田警察署出来，直奔多摩河。

夏日的阳光照在河面上，十分耀眼。今天来河里玩儿水的有一群群的孩子，还有乘着小船的一对对情侣。

突然，从附近的铁桥上传来了一阵巨大的轰鸣声，一列火车呼啸着从桥上驶过。

“那座铁桥是六乡河铁桥吧！”十津川一边目送着渐渐远去的火车，一边说道。

“是啊，东海道本线正好从桥上通过。”

“‘神秘号’也从那座铁桥上通过！”十津川的脑袋里立刻浮现出了从东京到横滨的地形图。

从东京站出发的火车要通过这座桥才能驶向品川。下一个车站便是川崎站。但如果是特快卧铺列车，还要再过一个站才能到达横滨。

从东京站出发，大约二十分钟后便会通过这座铁桥。

这具尸体是被人从火车上扔到河里的，还是用汽车拉到这里之后，在夜深人静的时候扔进河里的?

“罪犯为什么会想到把这个人杀掉之后使其全裸呢?”十津川一边在河边踱来踱去，一边问龟井。

“一般来说，是担心暴露被害人的真实身份。这个死者的身份不是到现在都没有弄清吗? 究竟是不是乘务员，单从头上的痕迹是不能断定的。”

“要想隐瞒真实身份，为什么除了全裸之外，不把他的面部毁了呢? 这个死者的面部是完好的呀!”

“是啊，不毁掉面容而仅仅让其裸体，难道他们坚信不会很快查明这个人的真实身份吗? 倒是有这样的事情。前不久，在东京‘爱的旅馆’里就发生了一个年轻姑娘被裸杀的事件。由于罪犯掳去了姑娘的衣物，所以姑娘虽未被毁容，但三个月过去了，她的身份还没搞清楚呢!”

“那姑娘也许不是东京人吧! 起码不是附近的人。罪犯也许因此才敢这么做。”

“怎么办呢?”

“当然要从调查入手了。”

“好像在有前科者的档案中没有这个人。”

“不管怎么说，如果这名死者是国铁的乘务员，那他肯定与‘神秘号’事件有关。如果不是，这案子就只好交给西蒲田警察署办了。”

“要把他的面部照片拿到东京的乘务员中去辨认一下吗?”

“那当然。如果他是国铁的乘务员，这件事可就有意思了!”

五

照死者现在的样子拍下照片来，会与其生前的样子有很大差别。特别是在被勒死的情况下，由于面部肿胀变形，其面容是会改变的。

于是，他们叫来了摄影专家，对死者的照片进行了加工，并画了三张画像。

第一张按照死者的原样勾画了一张草图。

第二张纠正了一下浮肿的面部，并使死者露出微笑，尽可能地接近死者生前的模样。

第三张是十津川特意要求加工的。这张与第二张一样，只是在死者的头上加了一顶国铁乘务员的制式帽子。

十津川和龟井拿着这三张画像奔向东京的乘务员生活区。

东京的乘务员生活区在东京站内，是一幢红砖建成的两层楼。在这里住着的乘务员有三百人之多。

十津川他们见到了站长助理，把这三张画像递了过去。十津川对他说道：

"您看看这个人是不是国铁的乘务员?"

助理把画像拿在手里，翻来覆去地看着，十分为难地什么也说不出来。

正在这时，点名结束了，特快列车的乘务员们拎着大皮包向自己的工作地点走去。

"他不是我们这儿的人。"助理终于开口了。

"这么说，他是其他乘务员生活区的人了?"

"这个人确实是国铁的人吗?"助理反问了一句，倒使十津川为难起来。

正当他们无法辨认的时候，一个从他们旁边走过的乘务员好奇伸过头来看了一眼，问助理：

“他干什么事了?”

“怎么，你认识这个人?”助理反问了一句。

“啊，我认识。他是上原君，是大阪铁路局的。”

“不会弄错吧?”十津川兴奋地问这个三十二三岁的乘务员。

“不会。去年召开工会大会，住在箱根旅馆的时候，我们住在一个房间，不会错的。这就是那个上原君。他到底怎么啦?”

“如果说是大阪铁路局的话，不就是制订这次‘神秘号’列车计划的吗?”

“对，是的。”助理点了点头。

“这列火车应该从东京站出发，可为什么用的是大阪铁路局的乘务员呢?”

“那当然了，列车和人员都是大阪段的呀!”

“从8月8日到8月9日，有没有发生过列车乘务员突然失踪的事情?”

听十津川这么一问，站长助理摇了摇头说道：

“还没有听说有这样的事情。”

“从这里可以给大阪铁路局打个电话吗?”

“当然可以了。”

“那么请你打电话问一下吧，这位叫上原的乘务员应当在哪趟列车上，再问一下他的履历。”

“请稍等一下。”

这位助理向电话机走去。他用一只手翻着笔记本，查到号码后，和大阪方面通了有十二三分钟的话，然后走过来对十津说道：

“全部清楚了。此人全名叫上原久仁，三十二岁。据说他应该在那趟‘神秘号’列车上。”

“果然是这样呀！”总算有了进展，十津川心里十分高兴，就像一下子抓住了消失在黑暗中的“神秘号”列车的影子一样。多亏了这具不会说话的尸体。

“他在国铁工作了十一年，住在大阪天王寺，有一个妻子。据说他喜欢玩麻将牌，也喜欢喝酒。这些可以了吗?”助理一边看着记录，一边问道。

六

这个时候，大阪铁路局营业部部长日下，正怏怏不乐地和局长浅井说着话。

日下是这次“神秘号”之行的负责人。这位四十二岁便成了营业部部长的国铁的人才，除了搞“神秘号”之外，还出了不少主意，都获得了成功，因此很受上司的赏识。

尤其是这次“神秘号”列车，因申请者超过计划乘客人数的二十倍而使他声名鹊起。没想到“神秘号”会突然失踪了！

也许是到了四十二岁这个“厄运之年”的缘故吧，这几天他想了许多许多。

他无论如何都不相信那趟由十二节车厢组成的、有四百名乘客的列车会突然消失得无影无踪。

“我们现在就查一查‘神秘号’列车为什么失踪吧！”日下对浅井说道。

“你具体打算怎么办呢?”

第四章　追踪

浅井的面容一下子苍老了许多。在被春季罢工搅得焦头烂额的时候，他也是这个样子。

“我们知道 8 月 9 日‘神秘号’列车上的乘客在梅小路机车区参观了蒸汽机车，那么我们就顺着这条线索查查吧！在梅小路机车区之后该去什么地方呢？稍微查一下也许就知道了。”

“弄清楚了就好！你就这样干吧，别有什么顾虑，我来承担责任！”

日下受到浅井的鼓励，走出了局长室。

炎热的天气一点儿也没有好转的意思。出生在 7 月份的日下可以耐受往年的热度，但对这两三天的气温却有些吃不消。于是他想，这次“神秘号”列车的事情完结之后，就申请休假，去北海道一带避暑。

日下是乘国铁引以为自豪的新干线列车到达京都的，从大阪到京都只用了三十分钟。

他一出车站便叫了一辆出租汽车，直奔位于梅小路机车区的“梅小路蒸汽机车馆”。

乘车到那里只需十分钟。他在停车场下了车，钻进一个小小的隧道，便进了机车馆。

入场券是每人二百日元，也可以买优惠价的团体票。

这里的蒸汽机车展览最红火的时候，每天参观的人络绎不绝，而现在却是一派人少车稀的景象。

日下是第一次到这里来。

机车馆中央有一台扇形的转台，与其相连的是一座巨大的车库，里面有几辆蒸汽机车，漆黑而巨大的车体横卧在里面。

因为正值暑假期间，所以参观者以孩子居多。他们都坐在水泥地上为这几辆机车写生。

这时，日下找到了一位馆内的工作人员。

这里的工作人员大多是上了岁数的人，大概是退休以后来这里找个差事吧。日下问这个人：

"您是否记得8月9日那天有团体来这里参观过?"

这位老人个头不高，满脸的皱纹像刀刻的一样。

"噢，是9号上午10点左右，是坐'神秘号'列车来的。到11点，大约参观了一个小时就回去了。"这位老人说道。

"不会弄错吧?"

"嗯，不会弄错。来的人可真不少呀！那天正好是星期天，参观的客人非常多。好久没这么热闹啦！"看来老人非常喜欢有好多人来这里参观，他一边喋喋不休地说着，一边笑着。

"他们是坐大轿车来的吧?"

"对，在停车场上排了一大排大轿车呢！"

"这样的话，就对了！"

按他的计划，"神秘号"列车应该到达京都站的六号站台。因为要进入还未电气化的山阴本线，所以要在那里换下电气机车，再换上内燃机车。利用这段时间，这四百名乘客坐上等候在那里的大轿车，去梅小路机车区参观那里的蒸汽机车。

按照这个计划，"神秘号"上的乘客可以在最初的停车站——京都站——看到蒸汽机车。

所以，参观完了的乘客应该再乘上大轿车回到等候在京都站的"神秘号"上！然而，这列火车连京都站的下一站鸟取站都没有到！

于是，日下又坐上了一直等在那儿的出租汽车，回到了京都站。

在京都站，他找到了一位助理，让这位助理带他去了六号站台。在六号站台上，日下问他：

“你记不记得8月9号在这里停过‘神秘号’列车？时间是上午9点30分左右，在这里将电气机车车头换成了内燃机车车头！”

“我听说过‘神秘号’列车的事情。当时我一直在这个站台上等候来着。我听说车上的四百名乘客要在这里下车，去梅小路参观蒸汽机车，特意让被称为‘京都之花’的姑娘等候在这里，并准备了花束！但我们等了许久，‘神秘号’列车也没有来！计划有变化也不事先通知我们，太让我们为难了！”助理不满意地说道。

日下一开始就觉得这个助理说的都是废话，态度还挺认真！

第五章 新的杀人案

一

对于这件事，日下实在是不知所措。

据京都站的这位助理讲，他和那位“京都之花”应邀于8月9日上午9点30分在六号站台接车，但“神秘号”却始终没来。

然而，这列火车上的乘客却按计划乘几辆大轿车去了梅小路机车区，参观了一个小时的蒸汽机车，然后返回去了。

正因为这样，才使人感觉“神秘号”列车平安无事地到了京都站。于是，他又问这位助理：

“我还想问一下，‘神秘号’列车会不会是晚点了？是不是一直到9点50分这趟列车都没有出现呢？”

“嗯，是的，我等了三十分钟，它还是没有来。可能是临时变更计划了吧。后来‘京都之花’也回去了。”

“那你当时为什么不向大阪铁路局报告这一情况呢？”日下不满地问道。

这个助理一下子变得怒气冲冲，说道：

“您要是这么问，我可就不客气了。‘神秘号’列车毕竟是一趟临时列车呀！重要的事情你们还总是随便改变呢！再说，8 月 9 日是个星期日，这一天东京和大阪的乘客也许少一些，但作为国际城市京都的大门的本站，星期日可是乘客最多的一天。8 月 9 日那天正好从海外回来了许多客人，而我作为站长助理，疲于应付这些事情。为了让从罗马来的管理人员看到我们这个国际旅游城市的门户而和工会方面进行交涉的也是我的部下呀！要不，让您看一下我那天的活动日程表吧！”

“不，不必了。”日下赶忙说道，他感觉在场的人不会对他有好感，也不会配合他。

但这位助理对此毫不理会，仍穷追不舍：

“还有一点，‘神秘号’列车事件发生之后，你们在梅小路机车区了解到他们曾去那里进行参观，便主观地判定这列火车已平安到达了京都。对我们这么重要的车站，你们连招呼都不打，也不问个究竟！连我都是刚刚知道‘神秘号’列车的事情！”

“确实像你说的那样。但是话又说回来了，无论是谁，只要知道这趟列车上的乘客去梅小路机车区参观过，就会认为他们平安地到达了京都，因为只有平安到达了京都才有可能去参观蒸汽机车呀！”日下耸了耸肩膀，说道。

“那你就没有从相反的角度来考虑一下现场的人吗？”

“相反的？”

“是呀！你不是制订了各种各样的计划吗？什么‘坐补列车’、‘滑稽列车’，还有这次的‘神秘号’列车。在这种时候，无论怎么搞，你不是都有一个主要的安排吗？这次‘神秘号’列车的乘客要参观蒸汽机车和沙丘，那么到底哪个是主要的呢？有什么不同？但我们这些在现场的人就不是这样。我们首先考虑的是列车的运行，所有的列车都没有发生事故，那就自然会首先考虑列车在正常运行。8 月 9 日，虽然‘神秘号’列车没有按原定计划到达六号站台，但没有关于列车发生事故的报道，其他列车也都在铁路上运行着，那么我们完全可以说它在照常运行。这是最重要的一点！关于这一点，我希望你能明白。”

“懂了，我完全明白了！”日下面对这位缠着他发泄不满的助理，赶快用力地摆了摆手，止住了他的话。

二

日下和这位站长助理分手之后便离开了京都站。

号称足智多谋的日下，曾经上过某个杂志。当时他作为国铁的代表是多么春风得意啊！发生了这件事，他才意识到，虽然他可以不断地想出对策，但恐怕也是杯水车薪。

但不管怎么说，必须将那趟失踪了的列车和四百名乘客找回来，这是责无旁贷的。如果什么也没找到就回去交差，那可就真如站长所说，大阪铁路局就得负责了。

他来到站前广场上，今天这里仍然是人声鼎沸。尤其是在开往嵯峨野的大轿车车站那里挤满了年轻人。

8 月 9 日，也是在这里，有几辆大轿车将“神秘号”列车的乘客拉到了梅小路机车区的蒸汽机车馆。

在鸟取站都是国铁的大轿车负责这类事情，而在京都则是租用民间组织提供的汽车来办这类事情。

万般无奈，日下只好去车站前的“京南公共汽车公司”的营业所碰碰运气了。

在营业所里，他向工作人员询问了 8 月 9 号的事情。一位叫木下的营业所所长一边翻着记录，一边对日下说道：

“啊，如果是‘神秘号’列车的乘客的话，那就确实是我们把他们拉到蒸汽机车馆的。”

“您能不能详细地对我说说当时的情况?”日下一边环视着营业所，一边恳求道。

营业所的墙壁上贴满了观光浏览的广告宣传画，有“京都一日游”、“寺院览胜”什么的。

“详细说说也可以，不过，我们只是按照对方的要求运送了一下乘客呀！当时他们说有四百名乘客，所以想要十辆有四十个座位的大轿车。那天是星期天，用车的人非常多，又赶上学校放暑假，因此我们好不容易才征集到五辆车，于是我们便让他们先等一等。我们想，这里离梅小路蒸汽机车馆很近，所以如果往返使用的话，还是可以的。其实也就是往返一次。”

“那他们是怎么说的呢?”

“他们说，因为只有二百人，所以五辆车运一次就行了。”

“那可太奇怪了。那列火车上应该有四百人呀!”

“我也感到很奇怪，所以又问了一下带队的。结果他说，他们一直坐着火车很疲劳，有一半人还在休息，不来了。大概情况就是这样，反正我应该了解一下。果然，在这些人中有许多是休假旅行来的，有一半是中小学生，所以由于旅途疲劳，还在睡觉呢。”木下说着，笑了起来。

“那么，这是个团体了? 他们是从什么地方来的?”

日下一问，木下也不笑了，他说道：

“从哪里来的? 反正是从车站方向走着来的。”

“你一定向带队的打听了什么吧?”

“是呀!”

“那是个什么样的人呢?”

“是个四十岁左右的十分和气的人。他一边笑着一边向我说了许多关于铁道方面的事情。”

“铁道方面的事？”

“这有什么关系吗？”

“不，只是想参考一下。给我讲讲吧！”

“可以。他说了许多关于国铁研究新干线的夜行列车和各种各样的临时列车的事情。”

“那一定有他在合同上的签字吧！”

“嗯，有的。在把他们运回京都站时，他在这个合同上签了字。”

木下说着，抽出一份文书，指着写在最后一行的签字让日下看：“冈部。”

这是用圆珠笔签的字。

在大阪铁路局，有一个叫冈部义夫的人在营业部工作，他作为这趟“神秘号”列车的负责人，也在这趟列车上。难道真是那个“冈部”？

四十多岁，年龄是符合的。因为他性格温和，日下确定他去负责“神秘号”列车合适并指派了他。

但这个签字是不是他本人的手迹，日下可实在回忆不起来了。于是他又问道：

“这个叫‘冈部’的男人长什么样？”

“怎么说呢？圆圆的脸，戴着一副眼镜。”

“衣服是什么样的？是普通的西服吗？”

“不，是件白色的便服，好像是国铁的制服。大热的天，我当时觉得他穿得这么整齐，还打着领带，真让人受不了！”

因为这位所长也整整齐齐地打着领带，所以他这样说，倒叫日下感到很奇怪了。

圆圆的脸、戴眼镜，这两点倒与日下知道的冈部挺相似。身穿白色制服，也的确是国铁职员的着装。

如果这个人果真是冈部的话，那么他为什么不向日下报告，说他没有将火车停到六号站台呢?

“我可不可以将这份有签名的文书借走两三天?”日下向木下恳求道。

三

正在这时，国铁总部的总裁秘书北野收到了一份报告。

报告中说，在常磐线的勿来站附近，居民们在铁路沿线拾到了近三十张面额为一万日元的钞票，因此而发生了骚乱。

与此同时，又送来了一份报告，说是在铁道线上发现了若干块被切开了的口袋的碎片。

于是，北野立刻向木本总裁说道：

“这下弄清了，难怪罪犯说我们带去的现金还差一亿日元。口袋被撕裂了，从里面掉出了一百捆一万日元的钱!”

“是呀！罪犯从车厢的连接处向外扔口袋，但口袋被什么凸起物划破了，在风力的作用下散落了！居民拾到的那些也许只是其中的一部分。”

“一亿日元漫天飞舞!”

“是的。只好请警察出面，尽可能地追回来了。但我也知道，要想全部追回来是不可能的。”

“那么，罪犯到底知不知道这些情况呢?”木本面露难色地说道。

因为还差一亿日元，所以罪犯说二十四小时后再考虑归还人质的问题，并要求再交出一亿日元。可还没等他们再打来电话，这一亿日元散落的情况便传到了这里，只是不知道罪犯是否也知道了这一情况。

于是，本多科长去隔壁的房间给十津川打了个电话，并很快返回来对木本说道：

"怎么搞的？有一个大阪铁路局的乘务员被杀了！"

"是'神秘号'上的吗？"

"对，名字叫上原，全裸体，在六乡河里发现的。"

"与这件事有关吗？"

"现在还不清楚。好像他是'神秘号'从东京站出发前被杀的。"

"被杀的理由弄清楚了没有？"

"如果弄清楚了，不就确定他与本次事件是否有关系了吗？还有一件事我一直不理解：我们一开始就把那装有十亿日元的口袋放在了'仙鹤十三号'的卧铺上，这是罪犯指定的位置。这个位置是这节车厢的乘客石山的。这个人因故而没有按时到，所以我们才按罪犯所说的，将装有十亿日元的口袋放在了那里。这究竟是不是巧合？我无论如何都不相信这是巧合。我感到这名罪犯是一个考虑事情非常周密的人。这样的罪犯是绝不会依赖于偶然和巧合的。因此我要求十津川他们对这个团体和这名叫石山的男子进行调查。"

"这样一来，罪犯就很难露面了呀！"

木本正说着，桌上的电话突然响了。木本条件反射似的看了一眼自己的手表。这时正是下午两点，不早不晚！直觉告诉他，这是罪犯打来的。

罪犯是非常守时的，说9点打来电话就绝对是9点，一分钟都不差！

这时，木本已经拿起了电话听筒。

录音磁带开始转动了。果然是罪犯打来的。

"一亿日元准备好了吧？"

“是这样的：当时口袋被扔向车厢外时，被凸起物划破了，所以那一亿日元散落了。沿线的居民捡到了好多张。这件事电视里播了，你们可以看看电视的新闻节目！”

木本像是在劝导罪犯，特意说得很耐心。

“我才不信你们的鬼话呢！”对方一口回绝了。

“这是事实啊！你看一下电视新闻就知道了。我们找到了口袋的碎片！我们并不是只支付了九亿日元，只是碰巧出了那种事情，因此不能让我们等二十四小时，你们现在就应该把四百名乘客送回来。”

“你当然可以这么说了，可这与我们没有关系！”

“没有关系吗?”

“就是没有关系！对我们来说，还差一亿日元！还有一个小时，还来得及，快点儿准备吧！你们不是还想搭救这四百名人质吗?”

四

因从《旅窗》杂志的“读者之窗”栏目获得消息而组成了友好旅游团体“快乐之年”，组织者是住在四谷的一位叫太田的医生。

目前，“快乐之年”的成员正在“下北半岛三日游”的旅途之中，而这位太田先生则留在了东京。

十津川和龟井决定去太田医院拜访一下这个人。

自称五十五岁的太田拄着松木拐杖出现在他们面前。他笑着说道：

“我是个医生，这条腿是在夏山摔的。”

接着，他便向十津川他们介绍了他的这个组织：

“成立‘快乐之年’这个组织，是希望每年能有两次旅游。不过，这只是一种象征性的叫法罢了!”

“您知道会员的姓名和住址吗?”十津川问道。

“嗯，知道。他们干什么事了?这些人都挺不错的，我想他们不至于干出什么给警察添麻烦的事吧。”太田不停地摇着头说道。

十津川劝慰似的说道：

“当然了。我们只想打听其中一个会员的情况。”

“是谁?”

“一个男的——‘太阳工业’的石山先生。”

“石山先生呀，我太了解了！他正在和朋友们一起去恐山旅游的途中!”

“可他并没有坐上‘仙鹤十三号’列车呀！直到列车出发也没见到他的人影。”

“石山先生是不会那样的。这个人对什么旅游都特别感兴趣，从来没有失约过。”

“能不能告诉我们他的电话号码?”

“当然可以了!”

于是，太田拿来了会员的花名册，将石山的住宅和工作单位的电话告诉了十津川他们。

十津川借用他的电话，先给石山的工作单位打了一个电话——这个时间他大概在公司里。

但是，对方告诉他，石山不在单位。石山请了假，到11号，星期二。也就是说，石山果然和其他会员一起去下北半岛旅游了。

也许他就是罪犯之一，将自己预约的卧铺作为劫持赎金的场所了。

于是，十津川又往他家里打电话，一直没人接。

“石山先生家里还有其他人吗?”

十津川这么一问，太田稍稍考虑了一下说道：

“他是个单身汉！4 月份我们去九州旅游时，听他说快要结婚了。”

“最近他有没有在钱上遇到困难?”

“那我可没听他说过。据说他的双亲在草津开了一个挺大的饭店，所以不会在钱上有什么困难吧。他还说要请大家今年冬天赏光去那里呢!”

“去下北半岛的旅游计划是哪位制订的?”这次是龟井问太田。

“我们每年有两次旅游。如果计划去北海道的话，就由老家在北海道的会员先行一步，做出具体安排。这次是由老家在青森的小岛先生制订计划的，并由他做整个团体的导游。”

太田将小岛的住址和电话告诉了十津川。

石山清之住在一所十层的公寓里，从那里步行约七八分钟便可到达中野站。

十津川和龟井进了这幢门口挂着“中野公寓”的牌子的大楼。他们在大门旁边的一排邮箱上，一下子就找到了“石山”的名字，上面标明了“706 室”。于是，他们两个人便登上了电梯。

大楼内的人大多是上班去了，因此整个白天楼内静悄悄的。

他们很快便来到了七层的走廊里，找到了六号房间的门。

按了一下门铃，没有人来开门。推了推门，房门锁着。于是龟井便蹲了下来，打算从钥匙孔里观察一下屋内的情况。正在这个时候，他“嘘”了一声，一下子皱起了双眉。原来，他闻到了一股恶臭味，赶紧捂住了鼻子。

十津川立刻找来大楼管理人员，让他用备用钥匙打开了房门。一进屋，他们顿时闻到一股尸臭味。

十津川和龟井用手帕捂住鼻子，冲进了里屋。他们看到一个男人的尸体横卧在带阳台的房间的墙角处。

关着窗户、挂着窗帘的房间里，十分闷热，这也许正是尸体很快就腐败了的原因吧。

龟井将穿着睡衣的死者翻过来之后，问管理人员：

“这位是石山吧?”

这个年龄有四十二三岁、穿着土黄色衣服的管理人员，被吓得面色苍白，点了点头。

死者的脖子被电线勒着，这是台灯的电线。很明显，是他杀。十津川他们还看到了石山的后脑勺有一处瘀血。也就是说，凶犯是将石山殴打之后，再用电线勒住他的脖子致死的。

十津川很快便叫来了法医。检察官也赶来了，他是十津川的老熟人，叫真田，人不错，只是嘴上不饶人。

“好大的味儿呀!”真田检察官皱了皱眉头，俯下身子检查尸体。

“他是什么时候被杀的?”十津川问道。

“整整一天前。大体上是昨天，也就是8月9日下午吧。”

“不能给个准确的时间吗?”

“你这家伙真差劲儿!我又不是神仙!解剖之后大概就能弄清楚了。”

“8月9日下午?”

这正是“神秘号”从东京站出发后的第二天。

法医给尸体照完相、查完指纹便回去了，尸体也被运了出去。十津川打开窗户，让屋内的尸臭味散出去。

“为什么要杀掉他呢?”龟井问道。

“问题就在这里。这个叫石山的人，一开始就是罪犯的同伙呢，还是罪犯们为了把十亿日元弄到手而求助于石山，要他让出‘仙鹤十三号’最后部的车厢，然后为了灭口才杀掉了他呢? 弄清这一点，对于破案是很有用处的。”

“你还认为这个案件与‘神秘号’事件有关吗?”

“可能吧! 你看，房间没有被弄乱，他还戴着金耳环哪! 如果是单纯的图财害命，就不会是这个样子。这种纯金的东西最容易换成钱了。”

“单个罪犯作案是很方便的。”龟井说出了自己的看法。十津川也有同感。

罪犯，不，因为不是单个人，而是好几个，所以应该说“罪犯们”。罪犯们出色地劫持了“神秘号”列车和四百名乘客。

他们是怎样将那十亿日元弄到手的，看来一开始就没有分析错。

当他们要利用“仙鹤十三号”列车作案时，列车最后部的车厢被一个叫作“快乐之年”的团体占据了。那么，如何尽快地借用其中的一个铺位便成了关键性问题。

在这个过程中，罪犯们偶然选中了这个叫石山清之的职员作为目标。于是，罪犯们便打起石山的主意来。

出乎意料的是，罪犯们企图用钱来换取石山的车票，结果失败了。因为8月9日就要出发，所以罪犯们大概出了十万日元或二十万日元，作为交换条件。石山拒绝之后，罪犯们便将他杀掉了。

但如果石山是罪犯之一，那么事情就大不一样了。

石山加入的“快乐之年”，定于8月9日乘坐“仙鹤十三号”列车去下北半岛旅游三天。

这样，他们就能够制订劫持8月8日从东京站出发的“神秘号”列车的计划了。他们正考虑如何将敲诈来的十亿日元赎金弄到手的时候，作为同伙之一的石山带来了“快乐之年”的成员外出旅游的消息。于是他们便决定利用这一点。所以说，石山未能赶上去旅游的火车，是计划中安排的。至于石山被杀，也许是因为他在最后一刻提出了反对意见，或是因分赃不均。

到底是哪种情况呢？

五

十津川和龟井开始在这间房子里搜寻起来。

如果说有些东西会对这个案子有帮助的话，那么首先就应该是书信。

他们在书桌的抽屉里发现了十二三封信。十津川一封一封地认真看了起来。

大部分是些暑期问候之类的明信片，根本没有与本次事件有关的信。

其中的一封“快乐之年”的通知书引起了十津川的注意，上面是用标准字体印刷的“下北半岛三日游通知”。

鉴于大多数会员要求夏季前往东北旅游，并由于在青森出生的小岛先生的协助，兹决定进行一次下北半岛三日旅游。此行将由小岛先生充当导游。务请欣赏今年夏季下北地区纯朴而美丽的风土人情。

第五章　新的杀人案

出发：8 月 9 日，从上野出发，“仙鹤十三号”。

返回：8 月 12 日，返回上野，“仙鹤十二号”。

通知上标明的发信日期是 7 月 20 日。大概劫持“神秘号”列车的计划也是在此时制订的吧。

十津川拿起了电话，和等在国铁总部的搜查科科长本多进行联系。

“什么？又有一个与本案有关的人被杀了？”本多对着电话倒吸了一口凉气。他对十津川说道：

“我问过北野先生了，大阪铁路局去年 11 月 1 日就已经制订了‘趣味列车’的计划。正式定下来的时间好像是 11 月 15 日。”

“是今年 6 月份以后才公开登报招募乘客的吧？”

“是的。”

“罪犯又打来电话了吗？”

“再过十七分钟，也就是下午 3 点，罪犯说再来电话。这家伙可是个很守时的人呀！所以在 3 点整时会打电话。”

“那个罪犯会不会与铁道系统有关呢？”

“这还不太清楚。还有可能是因为他要干盗窃火车那样的事，以及为了拿到赎金而利用‘仙鹤十三号’这种与铁路有关系的事，所以他自然要十分守时才行。”

“国铁是否打算再交给罪犯一亿日元？”

“恐怕还会再给的，因为作为公共机关的国铁，无论如何都要首先考虑乘客的生命安全。况且涉及四百人之多，不可能完全拒绝对方的要求。”

“什么都得按罪犯说的去做，这不管怎么说都是够窝囊的呀！”

“这家伙一开始就很强硬。现在我们要收口了，可要抓住这个机会呀！事到如今，可要坚持住呀，加油！”本多像鼓励十津川他们似的说道。

这时，十津川又像突然想起了什么似的问道：

“罪犯好像是说二十四小时之后才归还人质，但可以很快归还火车吧？”

“是的。他们说这是国家财产，所以要归还。”

“那么，能归还吗？”

“嗨，不好说，那些罪犯不可信。”

十津川放下电话，回过头来继续在屋子里搜寻着。

他们目前还不清楚石山到底是不是罪犯的同伙，但罪犯确实进到这间屋子里来了，并把穿着睡衣的石山杀掉了。因此，屋里应该留下了罪犯的蛛丝马迹。

“警部，请来这里一下！”龟井在里屋的一角向十津川喊道。

里屋放着一张床，好像是石山的卧室。龟井指着挂在墙上的挂历说道：

“请您看这儿。”

在挂历上，像是用圆珠笔潦草地写着几个数字：

125	
8	10
8	
20	1. 25
16	
40	

“也许只是巧合吧！可这个‘10’，正好是那十亿日元赎金……”龟井说道，“被杀的石山清之是罪犯的同伙！罪犯是由八个人组成的！”

第六章 红色皮箱

一

本多看了一眼手表。再过三十秒就到下午 3 点了。他刚才拨打报时台的电话，对了一下手表，连秒针都对准了。

“五、四、三、二、一……”本多在脑子里数着数。当他数到“零”的时候，电话铃响了。

木本总裁拿起了电话听筒。

“真准时啊！”本多一边想着，一边竖起耳朵听着。

打来电话的果然又是那个罪犯。

“过去一个小时了！”罪犯用十分平静的语调说道。本多一边看着手表，一边想着罪犯的样子。

“我知道。”木本点着头说道。

“明白了？那剩下的一亿日元一定准备好了吧？”

“我想，你应该看到电视里的新闻节目了，就是报道在常磐铁路线上散落的纸币的新闻。”

“啊，看到了！可捡到的钱还不到一百张呢！播音员不是这样说的吗？还不到一亿日元的百分之一呢！这样的话，我们就不能相信你们的话了。况且，所谓散落了百万日元纸币一事，尽管很像是真的，但也许是凭空捏造的呢！”

“我们可没有撒谎!”

“这我相信，但你们的解释也没有什么用，反正还差一亿日元。我希望你能迅速给我！如果你执迷不悟，那我想你会意识到那四百名乘客将永远回不来了。这个责任可不在于我，而在于你——这位吝惜一亿日元的国铁总裁!”

“别，你稍等一下!”木本以为对方就要挂断电话了，便慌慌张张地喊道，“我们再给你一亿日元。可是，能保证那四百名乘客安全返回吗?”

“你相信我就行了！我并不想加害于那四百人!”

“不过，你说先把火车还给我们，这个诺言你还没有兑现呢！让我们用什么来相信你的承诺呢?”

“火车很快就会还给你的。不，根据我的判断，和已经还给你们了没有什么两样。”那个罪犯说着，笑了起来。

“你这话是什么意思?”

“你马上就会明白的。好啦，我要和你谈那一亿日元赎金的事了。这次你还会搞什么小动作吗?”

“我们不会的。上次的事情就像我刚才解释的那样，是由于口袋破了，钱才失落的。”

“是的，你已经解释过了。这样吧，我先挂断电话，五六分钟之后再打给你。”

“为什么?”

“这你别管。要是有打算监听电话的混蛋，可就不好办了。我不得不防!”

二

电话被一下子挂断了。

本多用别的电话查询了一下，只查到这个电话是从市内打来的。

数分钟后，电话铃声又响了起来。

“关于那一亿日元赎金的交付方式，听我告诉你！”罪犯张口便吩咐道，完全是一副命令的口吻。

木本气得直咬牙，但一想到那四百名乘客的安全，便什么也没说。他不得不听从罪犯的指挥。

“你说吧！”木本压抑着心头的怒火，对罪犯说道。

“你准备两个大的红色皮箱，将一亿日元平均分开，装在里面。然后，在下午4点，将其带到东京站的银铃下边。让那个叫北野的秘书来。如果有警察插手的话，我们就停止交易，那四百名乘客的生命安全我就无法保证了。懂了吗?”

“下午4点，在东京站的银铃下?”

“对!”

“两只红色的皮箱，每只里面装五千万日元?”

“我说木本先生……”

“干什么?”

“你要是为了拖延时间而故意这样反问我，那可就不够意思了。我敢肯定，你把我的话录下来了！那么好，你听着：下午4点，你可别忘了!”

罪犯说到这里，把电话挂断了。而木本在对方挂断电话之后的五六秒钟里，还呆呆地把听筒放在耳边。他突然像想起了什么似的对北野说道：

“快去买两个大的红色皮箱来!”

北野飞快地跑了出去。木本又打通了日本银行的电话，恳求对方再准备一亿日元。

打完电话，木本问本多：

“你怎么想呀?”

本多却反问了一句：

“罪犯为什么要我们预备两只大的红色皮箱?”

“是呀！我以为还是和上次一样用口袋呢，这次却让用红色皮箱，而且要把一亿日元分别装在两个皮箱里。为什么要这么麻烦呢?”

“我也不知道。我觉得两只红皮箱是十分引人注目的。这对罪犯不那么有利，但他们却要这样做。我想，这样做肯定对他们有什么好处。”

本多百思不得其解。

“罪犯说，如果发现警察插手，就停止交易。那么，你打算怎么办?”

“我们当然要去现场了。这也是发现罪犯的一次机会嘛，当然不能错过。”本多干脆地表着态。

这次事件发生之后，国铁方面始终处于被动地位。

为了确保四百名乘客的安全，在追捕罪犯的事情上，虽然国铁委托了警方，但本多他们还是要服从木本总裁的指挥。

“我并不是说不让你们去现场呀!”木本解释道。

“那可太感谢了!”

“但是，你应该注意，不管在什么情况下，我们都会优先考虑四百名乘客的安全。我希望你不要忘记这一点。而且，很明显，这是个犯罪团伙。尽管在东京只出现了一个人，但是不要立即将其逮捕！如果抓住了他一个人，那么他的同伙就会加害于这些人质，我们可就前功尽弃了!”

“这些我都清楚。我们决定在罪犯出现之后进行跟踪，查明关押四百名乘客的处所。”

“那我们就太感谢了!”木本说道。

于是，本多立刻用别的电话机给搜查一科的其他警察下达了指示，并告诉他们，十津川他们回来之后，要马上汇报东京站的事情。

几分钟后，北野拿着两只大的红色皮箱回来了。因为皮箱体积大，所以远远地看去相当显眼。罪犯要是将其夺取后逃跑的话，怎么会选择这么醒目的颜色呢？对这一点，木本迷惑不解。

很快，日本银行的人送来了一亿日元。于是，他们迅速将这一亿日元分成两个五千万日元，分装在了这两只皮箱里，并加了锁。

一亿日元就有十三公斤重，还要加上这两只皮箱的重量。虽然箱子上安有帮助行走的滑轮，但北野一个人要运送还是很不容易的。

“罪犯让你一个人送去。不过，还是找个年轻的职员帮你送到东京站吧。”木本说道。

“好吧！从罪犯说让我一个人去这一点来看，好像他们是认识我的呀！”北野说道。

这时正是 3 点 30 分。

从国铁总部到罪犯指定的地点只有五六分钟的路程。

“现在可以走了吗？”北野问本多。

本多看了看手表，说道：

“请再等五六分钟吧。3 点 40 分我们的人就会布置好的。”

三

一个叫田中的年轻职员和北野一起提着这两只皮箱向东京站走去。

第六章　红色皮箱

3 点 40 分，北野他们从东京站的八重洲中央入口走了进去。

这会儿还不属于上下班的高峰时段，所以乘客不多。北野和田中拖着沉重的皮箱，快步向指定的地点走去。

在罪犯所指定的地点，天花板上吊着一个很大的银铃，被一块写有“银铃候车处”的广告牌子围着。在它的附近，摆着一个装钱的柜子，旁边有一张用来计数的桌子。

由于在这里等人很方便，所以站着许多接人的男男女女。

北野把两只皮箱放在旁边，便让田中回去了。

天花板反射出人们匆匆而过的身影。北野装作漫不经心地观察着四周的情况。

警察们大概都埋伏好了吧！究竟是谁，北野当然不知道了。北野心想，罪犯这会儿也该来到附近了。无论是谁，只要他靠近自己，警察很快就会明白的。但罪犯要是用电话吩咐的话，这里离公用电话亭可太远了。

北野平静地叼起了一根烟，打着了火。但等了半天，这里的行人屡屡靠近身边，却又一个个地从他身边离开了。

北野有些着急了，不时地低头看看手表。都 4 点了，还是没有一个人向他打招呼。正在这时，一个戴着红色帽子的人慢悠悠地向他走来。

平时在东京站常常有十几个戴这种红色帽子的人，他们是专门帮人提行李的小工。现在随身带行李的人多了起来，但随身带大宗行李旅游的人少了，因此这种小工的数量正在逐渐减少。现在人们出门，无论是去北海道还是去九州，都是尽可能地轻装外出。

这个戴红帽子的人一走到北野身边，便伸手去提那两只红色的皮箱，并说道：

"让您久等了!"

"不,不!我是在等人!"北野以为他认错了人,慌忙摆了摆手。

"啊,对不起!您是国铁总部的北野先生吧?"对方发现北野吓了一跳,便向他递过去一张叠得很小的纸片,上面写着:

"请服从这个戴红帽子的人的命令。"

北野的脸色变得十分苍白。很明显,这是那个罪犯写的。他真想马上告诉警察,可这时他们都在什么地方,他根本不清楚。

"那么,请把行李拿走吧!"

于是,这个戴红帽子的人拖着皮箱走了起来。

北野跟在他后面,边走边问:

"到什么地方去?"

"送到车上去。"

"车?谁的车?"

"我也不知道。人家只是告诉我说,在银铃下有一个带着两只红色皮箱等人的男人,这个男人叫北野。他说是他让北野带来这两只皮箱的,还说如果不给我的话,就让此人看一下刚才我手中的便条。"

"那是一个什么样的人?"

"很普通,像是个职员。"

"红帽子"一边说着,一边很麻利地走在北野的前边。皮箱的轮子吱吱地响着。

他们来到了出租汽车站。"红帽子"走到一辆乳白色的小型客货两用车旁,打开了车门,提起这两只皮箱,扔了进去。

北野趁机往驾驶座上看了一眼,车里一个人也没有。

“向你交代这件事的男人在什么地方?”北野问这个“红帽子”。

这个人摇了摇头说道：

“说好了他在这里等着的呀！也许是去别处了吧！我收了他的酬金，所以他在不在没关系，反正东西送到了……”

突然，他迅速地用手指着站内说道：

“就是那个人!”

“红帽子”指着一大排黄色的公用电话亭中的一个亭子里正在打电话的一名三十岁左右的男人。

北野看到的只是一个侧脸，听不到那个人的声音。但如果他是在给他的同伙打电话的话，北野能分析出电话的内容来，无非是关于四百名人质的事情。

北野这样想着，不由得向那个正在打电话的男人那儿移了五六步。

正在这时，从他身后传来了尖锐的警笛声。

北野猛地回过头去。在他的视线里，刚才那辆乳白色的小型客货两用车正在逃跑。

开车的不正是把北野领到这儿的“红帽子”吗?!

“站住!”北野气急败坏地吼道。

四

警戒网立刻张开了。

北野只记得车牌号码的最后两位是“二八”，但这是一辆乳白色的小型客货两用车是绝对没错的。

在车站八重洲入口揽活儿的有十六个“红帽子”，却没有一个是刚才到银铃下去拿红色皮箱的人。

刚才那个是伪装的！

“那个人三十岁左右。”北野向迅速赶来的十津川说道。

“红帽子”的正式称呼是“随身携带物品搬运工”。在东京站这样的地方，经常会有乘客要将行李从新干线的站台送到地下的总武线站台。这样一来，这种人工的搬运就显得十分重要了。搬运每件货物的酬金仅有二百五十日元。

现在的年轻人对这种收入低微的工作不屑一顾，所以“红帽子”的平均年龄日渐增高，在东京站附近，平均年龄在五十岁左右。

“如果这样考虑的话，那么我们从一开始就应该感到不可思议——那么年轻的‘红帽子’在东京站几乎没有。但我们光考虑劫持的事情了，万万没想到罪犯会装扮成‘红帽子’！这真是个失误呀！”北野懊悔地说道。

其实，即使怀疑那个人是罪犯，也未必应该搜捕他。但是，由于疏忽，连他的容貌都没有仔细看一下，这不能不说是件遗憾的事。

也就是说，连北野都犯了先入为主的错误。北野对于与国铁有关的人穿国铁制服一事已经习以为常了，所以没有去想“红帽子”就是罪犯，结果出现了这样的失误。

当初发生这件事情时，就有人怀疑国铁的职员中有罪犯的同伙，但北野却坚决予以否认。

也许就是因为这一点，罪犯才巧妙地利用了他认识上的盲点。

“不过，我们总算还是和其中一个罪犯打过交道了！”十津川像安慰北野似的说道。

“可那个‘红帽子’的脸我并没有认真地看一看！我只当是真正的搬运工了，光考虑吩咐他干这活儿的人在什么地方了。”

“他让你看的纸片，你还拿着呢吧?”

“嗯，在这儿呢。”

北野从口袋里掏出那个纸片，递给了十津川。

这是用圆珠笔写的字。

“字写得真够差的呀!”十津川说着自己的感受。

“‘红帽子’戴着手套吗?”

“嗯，戴着一双普通的白色军用手套。”

“这么一来，恐怕查不出什么指纹了!”

“真是无可奈何!”

“不！不单这次，从一开始就没有留下过任何痕迹！这次遇到的可不是一般的对手！像留下指纹的这种蠢事，他是绝不会干出来的。”十津川不无遗憾地说道。

劫走这一亿日元的男人是装扮成“红帽子”并开着汽车的，因此，虽然十津川和北野他们期待着能够很快发现这名罪犯，却没有事先布置警车。

而且，这个罪犯一定会在车里更换好事先准备好的服装的。

当罪犯驾驶的汽车在神宫外苑内的道路上被找到时，已经是下午6点多了。

这是在那儿的游泳池附近巡逻的警察发现的。

十津川和亀井立刻赶了过去。

当然，装着一亿日元的红色皮箱已无影无踪了。在驾驶席上，有罪犯丢弃的红帽子及制服，还有一双白色的军用手套。

这辆乳白色的车也和估计的一样：是辆偷来的车。

也就是说，罪犯让他们看了一下面容之后，很快地脱身了!

五

"他们这次又干净利落地弄走了一亿日元。"在总裁室里，本多向木本报告说。

这时，还没有让预先埋伏在八重洲入口的警察撤离。

"'红帽子'靠近北野先生时，好像不由分说便提起箱子走了。如果当时考虑到这个人是按罪犯的意图行事的搬运工，再慎重一些，不离开他就好了。"

"不，也许还是那样的好！"木本说道。

"为什么？我们眼睁睁地看着罪犯劫走一笔笔的赎金，却连他的影子都抓不住！"本多十分遗憾地说道。

"的确是这样，但正如我反复强调的那样，作为国铁总裁，我必须首先对四百名乘客的安全负责，逮捕罪犯是次要的。尽管当时可以抓住这个化了装的'红帽子'，但这次案件的罪犯可不是一个人呀！如果其余的罪犯为了报复杀害了那四百名乘客，后果可就不堪设想了！我之所以付出赎金，是希望那些作为人质的乘客能平安无事地回来。"

"罪犯们会放回那四百名乘客吗?"

"罪犯的确很凶残，但恐怕还不至于违约杀害那四百人吧！如果不杀的话，那么他们除了释放乘客之外，没有更好的办法，因为他们已经得到了想要得到的东西。"木本像对自己解释似的说道。

如果他们将这么多的乘客杀害了的话，那么肯定是疯了。但从打来的电话看，那个罪犯还不像是有精神疾病的人，他是一个相当沉稳的男人！木本确实希望事实如此，但罪犯真的能像他所期望的那样归还人质吗?

第六章 红色皮箱

“本多科长……”

“哎!”

“罪犯的情况是不是全都弄清楚了?”

“根据十津川警部的报告，罪犯基本上是八个人，其中一个人因分赃不均而被同伙杀害了。”

“八个人?”

“是的。这只是我们的推测。一个叫石山的男子在自己的公寓里被杀了，说不定他就是本案罪犯的同伙呢!”

“那么，顺着这个人的线索追下去的话，就会搞清楚其他犯罪分子了!”

“按理说是这样的。十津川他们正在顺藤摸瓜，进行查询，但是目前对这伙罪犯还一无所知。”

正当本多慎重地对木本谈这些情况时，北野疲惫不堪地回来了。

“目前，警视厅正在整理那个冒牌的‘红帽子’的情况。”北野一边对木本和本多说着，一边用手绢擦着头上的汗。

“会有什么效果吗?”木本问道。

“不管怎么说，他的画像是可以制成的。不过，不一定那么逼真。老实说，当时我完全相信罪犯是其他人，所以那个人的面容我真没好好看。”

“但你多少还是有些印象的吧! 模糊的也好，总归是大体上有印象吧!”

“凭印象应该是可以画出那个人的像来的，但在制作的过程中，印象是会发生变化的啊!”

“这是为什么?”

“我总觉得那个‘红帽子’，我在什么地方见过。”

“真的吗?”本多赶紧插了一句。

于是，北野把目光投向本多，继续说道：

“当然不能完全肯定。虽然说有这种感觉，但在什么地方、什么时间就回忆不起来了，当然也就说不好他是谁了。也许，这仅仅是感觉。”

“画像能搞出来吗？”

本多这么一问，北野轻轻地摇了摇头，说道：

“搞是能搞出来，但要与当时的那个人十分相像可不容易。就像刚才说的那样，我觉得在什么地方见过这个人，但要画得十分理想，是做不到的，也许重要的地方反而弄不像呢！”

“如果能想起什么来的话，就快点儿告诉我们。告诉我，或者十津川警部。”本多叮嘱道。

北野点了点头，信心却明显不足。

“这么说，罪犯要的赎金全部给他们了。”木本像是自言自语，又像是对大家说道。

“刚才罪犯在电话里笑着说，这和归还了列车没什么两样，是什么意思？”

“恐怕是说那列火车现在已经在国铁的某条线路上了吧！因为这条线路是国铁的，所以他才说和归还了是一样的。”本多附和道。

这次“神秘号”列车失踪事件可是现实中的事情，不是幻想中的事。十二节车厢加上电源车及牵引它们的电气机车组成的长二百五十米的列车魔术般地消失了，要说它现在行驶在铁路线上，怎么可能呢？

列车难道真的还在铁轨上行驶着吗？

本多向墙上挂着的一幅巨大的日本铁道图看了一眼。

国铁是用黑白两色标出来的，私营铁路则是用黑色的断线显示的。

除了北海道和四国之外，本州和九州的铁路线连成了一片。因此，一列火车无论怎么转换都应当是行驶在某一处的铁轨上的。例如，伊豆快车线的线路就与私营铁路线交织在一起，所以国铁也可以在私铁区间行走。

失踪的“神秘号”列车，除了宽轨的新干线外，应该能行驶于线路上的任何一处，这一点是不会有什么问题的。

要不就是被引到了其他地方。

但不管什么时候，只要它进入了某条备用线，都会有人注意到并且向上报告的。还有那四百名乘客，必然是要乱成一团的。总会有人向警察或国铁报告吧！

“真是令人费解呀！”本多轻轻地叹着气。

六

这时，大阪铁路局的日下从京都回到了大阪，把自己的部下冈部的桌子翻了个底朝天。他想看一看冈部写的一些信件什么的。

终于，他找到了冈部起草的关于“神秘号”列车的文件副本。

这次“神秘号”列车之行，确实是日下制订的计划，但具体细节是由他的手下冈部研究策划的。

这正是他要找的文件副本。

的确有冈部的签字。日下将这个签字和他从京都带来的签字进行了一下对比：确实很相似，简直是一模一样。

但日下仔细看了看，总觉得“冈”字的最后一笔的竖画是勾上去的，但这个副本上的最后一笔竖画却是直着下去的，并没有勾上来。

当然，也可以认为只是在这个副本上偶尔这样写，才没有勾上来。连日下都觉得，心情愉快时和烦恼时写的字完全不同。这样一想，他觉得要慎重对待这一点。

他又在冈部的抽屉里找了找，结果找出了一张明信片。这是写给一位朋友的，连白天是如何休息的都写上了，大概是想回来之后再投到信筒中去，结果放在这里给忘了。

这张明信片的签名，最后一笔竖画也没有向上提。

当然，关于笔迹的判定必须由专家来做。然而书写文字，尤其是签名，往往是无意识的动作，有很明显的特征。

总是不写“冈”字的末一笔的那个男人，应该不会是偶然在签名时才这样写的。

因此，签了“冈部”名字的那个男人是冒充的，而从大阪铁路局去“神秘号”列车上的那个冈部才是真的。

“神秘号”列车的四百名乘客大概是被劫持了。那个冒充冈部的人应该是罪犯之一。

但是，如果说这个人是罪犯的话，那么乘坐大轿车去梅小路蒸汽机车馆参观的二百人到底是些什么人呢?

是“神秘号”列车上的乘客吗? 不，这是不能自圆其说的。把那些被劫持的人质特意安排去参观，这种说法是根本站不住脚的。

那么，这二百人也是这次案件的同谋犯了? 这也说不通。二百多人的犯罪集团? 这是根本不能设想的。“京南公共汽车公司”的营业所长说，二百人中孩子占大多数。那么，能不能认为犯罪团伙的人混在了孩子们当中呢? 日下陷入了沉思。

第七章
列车基地

一

国铁在全国各地都设有列车基地。

在京都和大阪之间，准确地说，在京都府南部的向日街设的“向日街运行所”就是其中之一。

该所属大阪铁路局管辖，是大阪铁路局十五个基地中的一个。这个占地28.4万平方米、可停数百辆火车、有八百五十五名工作人员的“向日街运行所”是其十五个基地中最大的一个。

这个运行所是昭和三十六年（1961年）开设的。

当时，这一带还是一大片田野，周围还存留着古代山城国都的风貌。但二十年后的今天，随着住宅小区、高级公寓的逐渐建立，这里成了京都的卫星城。

东海道本线从基地的旁边经过。在那条干线上有一条立体交叉的线路直通“向日街运行所”。

开往京都、大阪的山阳线特快卧铺列车和山阴方面的电气机车都开到这个基地，接受基地工作人员的检查、修理，或在此休息之后再由此开出。

这个“向日街运行所”还被称为“星的故乡”，这是因为它是"明星号"、"彗星号"和"金星号"列车必然光顾的基地。当然，除了这三列火车之外，还有"拂晓号"、"雷鸟号"、"松风号"、"白天鹅号"、"海风号"，都是将此地作为基地的。

清晨，第一个进入这个基地的列车是从博多发出的"明星二号"。

牵引火车的电气机车很快便分离了，在位于基地中央的停留所接受检查。留下的客车车厢则由换上的"DD13 型"内燃机车牵引。其他列车也依次进入了基地。到中午为止，共有十一列特快、普快列车到达了基地。

这些列车全都整齐地排列在基地中，非常壮观。

被刚才那个"DD13 型"内燃机车牵引的客车首先被带到了清洗线上。这儿安装着一套巨大的清洗装置，这种装置在基地共有两套。

列车以每小时三十公里的速度从这个清洗装置中通过，依次接受药液清洗、清水清洗、机械刷子等三道工序的处理。清洗一列火车只需要二十秒钟。

冲洗之后，便要进入加油线，由检查长、检查员、检修员各一人组成的例行检查组分别对每列火车进行检修。

在这段时间里，列车有秩序地在基地内移动。查出故障的列车，车体立刻被牵引到另外一处，重新换上一节车厢。由于不是一列列的火车挨个儿等候检修，而是同时有三列火车进行检修，所以有发生危险的可能性。

受到认真检修的列车，在傍晚时分又作为特快卧铺列车依次驶出"向日街运行所"。

此时"向日街运行所"还不能停止营业。在这些快车驶出基地之后，从山阴方面又在晚些时候开来了电动机车、气动机车。因为这些列车还要在第二天白天运行，所以必须在夜间进行上述一系列的检修作业。

这会儿正是8月10日下午5点。

到下午7点57分，由新大阪站发来的“彗星三号”进行了最后的检修。

它的座席要进行更换，并要对车厢内进行清扫。这个活儿是基地外部的民间组织帮忙干的。

其中有一个操作人员在清理座席的时候，忽然发现卧铺下边有一个闪着暗淡的光亮的卡片，便捡了起来。

这是一张个人通用乘车券，其中透明的部分让人感到有光亮。

这是一张东京的定期乘车券，上面写着姓名和开户银行的账号：

《旅窗》月刊编辑部　津山研一

同时，他发现了十五张名片，姓名写得和这张乘车券上的一样。奇怪的是，有一张名片被折了个对折。由于这张名片特别显眼，所以操作人员把它抽了出来，打开看了看。原来，在这张名片的内侧潦草地写着下面几个字：

如果发现了这个，请与乘兼由纪子联系。

下面还写上了这个人的电话号码。

二

这个操作人员名叫石立英夫，今年二十一岁，是大阪大学的学生。

如果石立英夫是本基地职员的话，他大概就会原封不动地把名片交到上司手里，从而把这些名片作为津山研一的遗留物处理了。

但是，石立英夫是国铁委派来的“K 兴业公司”的勤工俭学的职员，加之年轻人固有的好奇心，所以他并没有这样做。

他将这张对折的名片放到了自己的口袋里，而把其他名片交给了基地的负责人。

石立在 6 点交班后返回了大阪的学生公寓，并立刻给乘兼由纪子打了电话。

他打电话时已经是下午 7 点多了。

一开始，乘兼由纪子好像有些迷惑不解。她听了石立的介绍后，似乎不太相信地反问了一句：

“什么，你在大阪捡到了津山先生的名片?”

“不是大阪，是在大阪附近的国铁车辆基地的一列火车里发现的。”

“那么，是‘神秘号’列车了?”

由纪子的声音因激动而一下子提高了。

听了这话，石立也糊涂了。

“不，是‘彗星三号’的卧铺下边。”

“‘彗星’? 是九州和大阪之间的列车吗?”

“嗯。是从新大阪站出发，走日丰本线，开往大分、宫崎、都城方面的火车。因此，这张名片就是失落在今天早晨从九州开到基地的火车中的。”

“可是，津山先生乘坐的是前天从东京站开出的列车呀!”

“真奇怪呀!”

“是有些奇怪!”

“但是，这张名片是整整齐齐地和乘车券放在一起的。我发现这张名片时，看到上面写着要与你联系一下的字样！上面有你的名字和电话号码。”

“现在是 7 点吗?”

“7 点 08 分。”

“我立刻就到你那里去一下。”

“现在就来?”

“嗯。如果现在就去，我还可以赶上 7 点多的‘光号’列车。无论如何我都要在今天见到你。”

“我干了一天的活儿，要睡觉了。明天行不行?”

“不行。我要稍稍打搅你一下。也许这关系到许多人的性命呢！失礼了，但无论如何都希望今天能见到你!”

“知道了！我在新大阪的新干线站台上等你!”

三

由纪子乘坐的是 19 点 24 分从东京出发的“光—179 号”，到站时间是夜里 22 点 34 分。

她还没有领悟到事情的严重程度。

首先，津山研一乘坐的是前天夜里，即 8 月 8 日夜里 11 点 59 分（实际上晚出发了几分钟）由东京出发的“神秘号”列车，是驶向正西方向的。

其次，在这之后，津山那里就再也没有任何消息了。不管怎么说，这列火车应该是去向不明了。但国铁方面却宣布，应乘客的要求，日程再延长一天，继续旅游。

再次，一个叫石立英夫的大阪年轻人打来了电话，说是在

"向日街运行所"发现了津山的名片，名片上还写着要与由纪子联系的字样。

由纪子把头靠在座椅上，闭上眼睛东想西想。这三点之间有什么联系呢？

似乎是发生了某件令人恐惧的事，她只是有一种朦朦胧胧的感觉，具体是什么就不清楚了。

当由纪子乘坐的火车过了新横滨站的时候，她突然想起来，应该给东京站的青木助理打个电话，也许青木会知道些什么，会帮助她做些什么。

青木助理正好在班上，他们很快便通了话。

由纪子简略地把石立打来电话的内容告诉了青木。

"我觉得一定是发生了什么不幸的事情。我的同事津山被卷了进去，但我不知道到底出了什么事。"由纪子对青木说。

"是'神秘号'吗？"

"对，恐怕是'神秘号'和全体乘客。"

"关于那张名片的事情，除了我之外，你还对其他人说过吗？"

"没有。我现在正在去大阪的途中。我想看看那张名片。"

"那也好！"

青木说完，又突然急急忙忙地说道：

"无论如何都要好好问一问。那么……"

"喂，喂！在'神秘号'列车……"

不知出了什么故障，当由纪子想进一步说一下的时候，电话断了。

她从车内的电话间里出来之后，陷入了沉思：青木助理刚才急急忙忙地挂断了电话，一定是猜到了什么。

到底发生了什么事情？

四

国铁总部的总裁室接到东京站的青木助理打来的电话时，是晚上 7 点 48 分。

北野和本多听到青木的介绍之后，都兴奋了起来，这是因为他们得知在“向日街运行所”接受例行检修的火车内发现了乘坐“神秘号”列车的乘客的定期乘车券和名片。

北野立即把墙上贴着的大幅铁道地图上的“向日街运行所”的位置指给了本多。

“它位于京都和大阪之间。因为‘神秘号’列车先是驶向京都方向，所以正好是在这个位置。”本多看着地图说道。

“可是发现的名片并不是在‘神秘号’列车上，而是在今天晚上 7 点 57 分将由新大阪站出发的‘彗星三号’列车上呀!”北野歪着头说道。

“是啊，这就是疑点!”

“不管怎么说，我得去一趟向日街!”北野对木本总裁说道。

接着，本多对木本说:

“请把我们的十津川警部也带去吧，因为事关那个劫持的案子。”

于是，北野和十津川在东京站的新干线站台上见了面，一同坐上了 20 点 12 分出发的“光—185 号”列车。

这是到新大阪的最后一趟新干线列车。

他们两个人虽然都很疲倦，但面对这个新的发现，都兴奋不已。

“如果说发现定期乘车券和名片的火车就是‘神秘号’列

车的话，那么罪犯就履行了'先将火车归还'的诺言。"十津川一边吃着便餐，一边说道。

"可这不应该是'神秘号'呀!"北野不同意地说道，"这是'彗星三号'，是今天早晨从九州站开往新大阪站的列车。在向日街接受检修之后，它要回九州呀!"

"那么，在这列火车上发现了'神秘号'列车的乘客失落的东西，这该怎么解释呢?"

"这可太令人费解了!"北野率直地说道。在判断是不是"神秘号"这一关键点上，他唯恐被一个玩笑耽误了，因为在挽救四百名乘客生命的关键时刻，开这样的玩笑可是不允许的。于是，北野换了一个角度问道：

"关于那个被杀的叫石山清之的男人，还没弄出结果来吗?"

"眼下龟井他们正拼命地努力呢。但很遗憾，还没有眉目。他有可能是罪犯的同伙，也有可能不是他们的同伙，是因为拒绝与他们合作而被杀的。"

"可是十津川先生认为他是罪犯!"

"老实说，我也只是猜测。"十津川说道，"调查一下石山清之，便可以进一步接近犯罪团伙了。不知给青木助理打来电话的那个叫乘兼由纪子的女人对这件事情了解到了什么程度。"

"我也不知道。她大概只是知道有'神秘号'列车吧！顶多知道'神秘号'没有到达鸟取站。"

"她是什么杂志的记者?"

"《旅窗》月刊。即使她能抓住什么东西登在下一期上，也得在二十号以后了。到目前为止，我认为她不可能公布什么。看来，我们都不如更多地关心一下四百名乘客的事。不管怎么说，总要再设法延长二十四个小时。过了明天上午9点30分，我觉得就无法继续掩饰这件事情了。这可是我们最后的时限了。”

“还有十二个小时。”十津川说道。他为了提起精神，要了第三杯咖啡。

五

乘兼由纪子乘坐的“光—179号”列车于晚上10点30分到达了新大阪。

她来到站台上，向四周打量着。这时，她看到了一个细高挑儿的男青年，右手拿着事先说好的接头信物——白色的手绢——站在那里。

“您是石立先生?”

那个青年听到声音，便把手绢放进了后面的裤兜里，反问道：

“您是乘兼女士吧?”

“对。谢谢您打来的电话。”

“您真漂亮呀!”

“什么?”

“我一直在想，您是什么样子。没想到您这么年轻、漂亮，真让我吃惊。”

他刚见面就这样说，由纪子不禁笑了起来。她想，如果这个青年看到的是个面容丑陋的中年妇女的话，他说不定会后悔打了电话并答应来车站接她。

“请让我看一下津山先生的名片，好吗?”由纪子站在站台上说道。

石立光顾着看由纪子了，听她这么一说，才慌慌张张地把那张对折的名片递了过去。

这的确是津山的名片，上面用圆珠笔写的字也是他的笔体。

但仅凭“如果发现了这个，请与乘兼由纪子联系”这句话，她无法弄清究竟发生了什么事情。

津山在什么情况下写的这些，是问题的关键。他大概是被卷入了某个事件，才写下这句话的吧。

如果“神秘号”列车翻车了，那么的确应该这样写，发生了火灾也是如此。作为杂志的记者，在写草稿时，这是首先应触及的核心问题。

津山不应该不知道这一点。

那么，这应该是他在事件发生之前写的。但什么事情都没有发生，那么这一定是津山觉得将要发生一场什么灾难时写下的。

所以，他把写好的这段文字夹在了名片里，装进了名片夹，扔到了卧铺下边。

他之所以写得这么短，是因为他不可能有更多的时间了。

“请你先收下这个吧!”由纪子说着，掏出了一万日元，递给石立。

石立毫不客气地接了过去，说道：

“哎呀，这合适吗?”

“我希望你能帮我写一下有关情况，什么事情都行。你知道‘神秘号’列车吗?”

“这个名字我倒听说过。不过，详细情况不太清楚。”

“你是在国铁的车辆基地工作的吧！那个‘向日街运行所’归大阪铁路局管辖，这次的‘神秘号’就是由大阪铁路局策划的。”

听由纪子这么一说，石立马上摇了摇头，说道：

“那我可就不知道了。我在电话里说过了，我不是国铁的职员，我是受聘来车辆基地打杂儿的社会上的人员，是勤工俭学的学生。”

“那么，去‘向日街运行所’详细了解一下吧！”

“我……”

“请你带一下路吧！”

“行。但我们怎么去？去东海道本线的向日街站，步行也可以。但要想快点儿的话，还得坐出租汽车。”

六

由纪子在新大阪站要了辆出租汽车，朝向日街驶去。因为是在深夜，所以公路上空荡荡的。

12 点以前，他们到达了“向日街运行所”。

运行所里地方很大，寻找入口处不太容易，如果不是和石立一起来的话，恐怕要花费一些时间呢！

他们从挂着“大阪铁路局向日街运行所”的标牌的大门走了进去。由纪子取出了自己的名片，向传达室的工作人员说明，要领取今天发现的津山研一的定期乘车券。

那个人吃惊地望着他们，大概是因为他还没听说有失物认领的事情。

大概是名片的作用吧，他让他们去该所的二楼，找一下岛崎所长。

从那幢楼二楼的窗户可以眺望到整个基地的中心区。尽管是深夜，但也可以清楚地看到，在明亮的灯光下，基地里排列着的各种在接受检修的车辆，景象十分壮观。

"这是捡到的定期乘车券和名片。"岛崎所长拿来一包东西，递给了由纪子。

没错儿，这正是津山的东西。

"你们来得够快的呀!"岛崎所长佩服地说道，"都请坐吧!"说着，他把身边的椅子向由纪子推了推。

于是，由纪子便将站在身旁的、带她到这里来的这位叫石立英夫的青年的事对岛崎说了。

"这么说，您都了解这些情况了。其实，如果您打来电话的话，我们还可能给您送去呢。"

"我可等不了那么长时间。我是一口气从东京赶来的呀!那么，您知道'神秘号'列车的事情吗?"

"噢，我知道，因为它是在我们这里组成列车的。"

"这个名片夹的主人津山先生就在这趟列车上。"

"哦?"所长轻轻地哼了一声，自言自语地说道，"但为什么这个东西掉在了'彗星三号'的车厢里呢?"

"现在'神秘号'正行驶在什么地方?"

"应大多数乘客的要求，立即改变了行车路线，转至山口线参观蒸汽机车的实际运行去了。但这会儿已经结束了，大概正在山阴本线的姬路一带向东京驶去吧!"

"您真的相信是这样吗?"由纪子问道。她感觉这个所长有可能对她隐瞒了真相。

"我们接到的就是这样的通知呀!"岛崎轻轻地耸了耸肩，对由纪子说道。

"那么，'彗星三号'现在在什么地方?"

"它是19点57分从新大阪站出发的，所以这会儿大概在广岛一带吧。"

第七章　列车基地

“可‘神秘号’列车……”

由纪子正要说下去，被所长桌子上的电话铃声打断了。

岛崎对由纪子说了一句“对不起，请稍等一下”之后，立刻拿起了话筒。

由纪子不知道他说了什么，只见他一个劲儿地点着头，其间还回头看了一眼自己，并说了一句“啊，已经来了”，又补充了一句“明白了”，才放下了电话。

“是关于我的事吗?”由纪子问道。

“是的。说让你在这里等着。”

“是谁这样说的?”

“刚才的电话是国铁总部的北野先生打来的。他要和一个叫十津川的警部一同赶来。”

“什么，警察?”

这究竟意味着什么? 由纪子越发糊涂了。但她预感到事态越发严重了。

十五六分钟之后，有两个男人被运行所的工作人员领了进来。

总裁秘书北野和十津川警部先后向由纪子行了礼，打了招呼。

“‘神秘号’列车究竟出了什么事?”由纪子两眼紧盯着这两个人。

这两个人像是想说什么似的互相看了看。于是，北野对由纪子说：

“发生了一点儿麻烦事，我们会尽快解决的。因此，我们希望您务必与我们合作!”

“可我连事情的经过都不知道，怎么合作?”

“实在对不起，现在还不能说。不过我们保证，事情圆满结束之后，我们会最先对您解释清楚的。您看怎么样?”

“我总可以打听一下吧!”

“打听什么呀?”

“有办法很容易地把此事弄清楚吗?”

“现在还毫无办法。”

“那好吧，让我帮你们什么呢?”

七

“能不能先让我们看看被发现的名片?”十津川问由纪子。

由纪子一边把那张对折的津山的名片拿给他们看，一边讽刺地说道：

“东京站的青木助理报告得够快的呀!”

十津川专注地看着写在名片上的文字。

“这是津山先生的字迹吗?”

“嗯，不会错的，是他的字。”

“其他什么也没有写呀!”

“我估计是在事件发生之前写的。”

“有可能。很可能是他预感到要发生什么事情了，才写下了这几个字，然后放进了名片夹，又扔到了卧铺下边。但问题是，他本人要说的是，去往什么地方……”

“也就是说，‘神秘号’出事了? 那列火车到底出了什么事?”由纪子急忙打断了十津川的话。

北野不动声色地看了一眼由纪子，说道：

“我们真的什么也不知道。”

“哼! 国铁宣布，因为去山口线实地参观而要耽误二十四小时，我根本不信!”

第七章 列车基地

“哎哟，这可太过分了！”北野安抚似的笑了起来，但他也不想告诉由纪子实情。

“我们想在贵所稍微看一下。”十津川对岛崎说道。

“我也要去！”由纪子的语气中流露出不容劝阻的意思。

但他们不答应。于是，乘兼由纪子留在了所长室里，而十津川和北野则被所内的职员带下楼去了。

“要到什么地方看看呢?”那个人问十津川。

“这里停着许多列车吗?”十津川反问道。

“是的。如果说特快列车的车厢，共有一百二十九节。其中一百零二节是正在使用的，其余的二十七节是备用的。另外，还有些普通客车、电动机车和气动机车的车厢。”

“在这些特快列车的车厢里，应该有卧铺车厢吧?”

“有。还有电动机车的卧铺车厢。”

“警部，你在想什么?”北野小声地问道。

“我在想，罪犯究竟把这四百名乘客藏到哪里去了? 大旅馆已被监视起来了，他们只能把乘客藏在‘神秘号’里。那么，他们在哪儿呢? 如果说把这些车厢藏在了什么地方的话，那么会不会和其他同型号的车混在了一起?”

“也就是说，把这四百人囚禁在这个基地中的车厢里?”

“反正我是这样想的。再说，这个基地里还有像飞机库那么大的建筑物呢！如果隐藏在里面，外面是根本看不到的。如果再让乘客服用了安眠药的话，他们不就乖乖地听其摆布了吗?”

“如果是这样的话，那么有必要事先告诉运行所的人，他们这里有罪犯，至少有四五个！”

“不管怎么说都要了解一下！”十津川坚定地说道。

于是，他们在职员的带领下，从一端开始对停在该基地内的列车一一进行检查。

他们查完了全部的电动机车和客车车厢，不但车里一个人都没有，而且连一节封闭的车厢都没有。

时间已过去两个小时了，十津川十分疲劳。

"完全估计错了!"十津川失望地说道。

"我从一开始就认为是错的。"北野说道，"应该像我刚才说的那样，找四五个人将基地监视起来。我就不信罪犯会在这个基地里!"

"但在这个基地里发现了'神秘号'列车上乘客失落的东西，这可是事实呀!"十津川反驳道。

北野不作声了。十津川继续说道：

"一定是这位乘客预感到要发生什么事情。"

"不过，十津川先生，并不是在'神秘号'列车上找到的这件东西，而是在现在正开往九州的'彗星三号'列车内找到的。更明确地说，该列车是作为'明星六号'从西鹿儿岛开往新大阪的火车，于今天早上7点55分到达新大阪，又转到这个基地，进行检修之后，休息了一个白天，然后于傍晚改名为'彗星三号'开往了九州。它与从东京开出的'神秘号'列车完全没有关系!"

"那么，为什么'神秘号'列车上的乘客的名片夹掉在这儿了呢?"十津川再次向北野提出了这个问题。

疑点兜了个圈子，又回来了。

八

十津川和北野一无所获地和带路的职员分了手，径直回到了所长室。

第七章 列车基地

“弄清了吗?”岛崎问道。

十津川向窗外望去。基地中排列着的卧铺车厢在场内灯光的照射下泛着蓝光，使人感到一种神秘的美感。

“太遗憾了，什么也没有发现！”十津川十分懊悔地说道。

大概是岛崎觉得不便让乘兼由纪子听到吧，他从椅子上站了起来，走到十津川的身边，一边向窗外望着，一边小声地问道：

“真的什么也没有发现吗?”

“你们这里的工作人员还不知道‘神秘号’列车和四百名乘客被劫持的事情吧！”

“我也是今天早上刚刚知道的。怕影响本所人员的心情，所以我没有说。”

“那我就放心了。我总觉得那四百名乘客被囚禁在基地中排列的车厢中，但是我失算了。”

“怎么，你一节一节地检查过了?”岛崎笑着问道。

“您能从这里看到?”

“不错，我是从这个窗户向外看到的。”

“啊，那我谢谢诸位了！”

“这是什么意思?”

“为了不重复检查，我用白粉笔打了记号，但我忘了擦了，还得去擦一下。”

“不必了，一会儿通过清洗机时会很容易地擦掉。”

“那样倒是很好……”十津川叹了一口气。突然，他眼睛一亮，问道：

“据说现在基地里的车厢有一百零二节正在使用，有二十七节闲着，是吗?”

“是的。”

"我一节一节地检查过了，所以如果加上卧铺车厢和电源车厢，就应该包括这二十七节车厢了吧!"

"应该是，那样才正好。要是少了一节可就不得了啦!"说着，岛崎笑了起来。可十津川没有笑，他认真地问道：

"不过所长，'神秘号'列车的十二节车厢和一节电源车厢都是由这个基地提供的，那么闲置着的就不是二十七节，而是再减去十三节，剩下十四节了呀!"

"是的，是那样的呀!"

突然，岛崎的脸色大变。他似乎想起了什么：

"8 月 8 日我们接到大阪铁路局的命令，编组了'神秘号'列车，开出了基地。因此，应该减去一节电源车厢和十二节客车车厢呀!"

"可现在正好是二十七节呀!"

"这可太奇怪了!"

"职员并没有想到会弄错什么，一定是没有从这二十七节车厢中减去'神秘号'列车的车厢。可刚才你是一边看着基地里的车厢，一边回忆起了这些。万一你记的是 8 月 8 日以前的数字呢?"

"是那样的。"岛崎点了点头，向窗外望去。他死死地盯着在基地中排列着的那些蓝色的列车车厢。

"为什么有二十七节车厢呢? 应该是十四节呀!"

九

"'神秘号'列车应该回这里来了吧?"十津川问道。

"是的。不过警部先生，为什么场内的职员都没有注意到呢? 也许是因为他们并不知道'神秘号'被劫持的事情，认为现在它已经回来了吧。按照计划，它的确应该回来了。可从昨天开始，就没有注意到车厢的数量有无增减。所以，如果‘神秘号’真的回来了，恐怕场内的职员们都会感到奇怪的！”

“是因为那趟‘神秘号’列车吗？”

“是的。”

“它是由一节电源车厢和十二节 B 型卧铺车厢组成的，被一节电气机车车厢牵引的吧？”

“是的。”

“那么，有没有和这种组合相似的出入本基地的列车呢？”

“有啊！‘明星号’和‘彗星号’绝大部分车体组成和‘神秘号’相似，它们是可以互换的。例如：这两种火车都是由叫‘螃蟹二十四’的电源车加上十二节叫作‘少女二十五’的带乘务员室的卧铺车组成的。”

“它们都是早出晚归吗？”

“是的。”

“那么，如果‘神秘号’混在里面，加之工作忙乱，会不会看漏了呢？”

“也许会的。不过‘神秘号’列车是车头上带有标志和车尾有专用标志尾灯的火车，因此不太可能看错。”

“‘明星号’和‘彗星号’也都带有标志吗？”

“以前都带，现在都不带了，但尾灯的标志是有的。‘明星号’是夜空中明星的图案，‘彗星号’的图案是一颗美化了的彗星。”

“那么‘神秘号’是否可以摘下自己的标志，安上和‘明星号’或是‘彗星号’一样的标志进入这个基地呢？从京都方面或是大阪方面来的列车不都能通过引入线进入这个基地吗？”

"那倒是。警部先生，您的意思是说，'神秘号'列车上早就放有'明星号'或是'彗星号'的标志?"

"是的。'神秘号'列车原定于8月8日夜里11点59分从东京站出发，但是耽搁了几分钟，因为有一个乘务员来晚了。据说这个乘务员当时是抱着一个很大的包裹上的火车。那么，这个包裹里也许就有'明星号'或'彗星号'的图案标志!"

"为什么这个乘务员要带这个……"

"你听我说完。同一天，在六乡的河面上发现了大阪铁路局的乘务员上原久仁的尸体。因为那天上原应该是在这列火车上的，所以，如果那个拿着标志跑上车的人是冒充上原的话，一切不就都可以解释通了吗? 他完全可以换上被杀掉的上原的服装，冒充乘务员。"

"请你们来一下!"岛崎像突然想起什么似的，拉了一下十津川的手，带着他跑下楼去。他找到了一位列车检查长，问道:

"8月9日有没有发现列车有异常情况?"

身穿深红色工作服的中年检查长用满是油污的手挠了挠头，说道:

"有的，但我忘了报告了，所长。"他讨好似的对岛崎笑了笑。

"是什么?"

"我们小组应该检查'明星六号'，但后来听说片冈君的小组检查了'明星六号'。我觉得很奇怪，或许是片冈君弄错了。但我只是这么想，还没有向您……"

"果然如此!"

岛崎和十津川不约而同地互相看了看。事情终于有了进展。

今天夜里开往九州的“彗星三号”，到了明天早上将作为“明星六号”返回基地，休息一天，第二天早上再作为“彗星三号”出发。

但这并不是真正的“明星六号”，而是“神秘号”列车！正因为如此，才能在卧铺下面发现津山的名片夹。

给国铁打来威胁电话的那个罪犯曾笑着说“列车已经还给你们了”，原因就在于此。

但是，还有几个问题不太清楚。

“神秘号”列车作为“明星六号”回到这个基地时，开车的司机是罪犯之一呢，还是在罪犯的威胁下将火车开来的呢?

还有一个更大的谜团。岛崎问十津川：

“‘神秘号’列车确实是在8月9日到了这个基地，那么车上的四百名乘客到哪里去了呢?”

十津川感到莫名其妙，说道：

“我不认为罪犯将这四百名乘客留在‘神秘号’上，将他们拉进了向日街基地。也就是说，他们不可能用氯仿将乘客麻醉之后，拉上所有的窗帘，把这列火车作为维修的车辆隐藏在车库里，因为我们已经认真地查过了。然而，津山的名片夹确实失落在卧铺的下边，从这一点来看，他们会不会中途让这四百名乘客下车了呢?”

“他们到哪里去了呢?”岛崎歪着头看着十津川。

“那就认真地分析一下吧！”十津川万般无奈地摊开了双手。

十

北野和十津川把乘兼由纪子安排到运行所的招待所之后，便和岛崎一起来到了所长室，共同分析这四百名乘客的行踪。

他们在桌子上打开了一幅东海道本线的沿线地图。

已经是深夜两点多了，但他们三个人毫无倦意。向查明问题又迈进了一步的兴奋感驱散了他们的困意和疲乏。同时，他们有着争取在最短的时间内解决问题的迫切感。

“8 月 8 日夜里 11 点 59 分，‘神秘号’列车从东京站出发时，上面确实有四百名乘客，这是许多人看到的事实。第二天早上，‘神秘号’列车装扮成‘明星号’驶入了这个向日街基地。由此看来，情况可能是这样的：这四百名乘客在东京与本基地所在的京都之间被赶下了火车。这一点是很清楚的！”

“也就是说，在东海道本线的某个地方！”岛崎明确地说了一句。

“究竟是在其他路段，还是在什么引导线上下来的，比较难判断。而且，在让乘客下来之后，他们必须将这列火车送回到东海道本线上去。这当然是很麻烦的了。但我们认为，列车是要在什么地方进入一条引导线的。把乘客赶下车之后，列车肯定还要回到那条线路上去。”

“可是这么一来，昨天中午就应该发现‘神秘号’了。罪犯出于某种时间上的要求，有必要将‘神秘号’隐藏起来。因此，要将其伪装成‘明星六号’，以便混入基地之中，隐藏在样式相同的车厢群里。所以，他们不会使用引导线去把乘客送到某处的。”北野不同意刚才的说法。

“在东海道本线上到底有多少个车站呢？”岛崎看十津川

认真地“一个、两个”地数起来，便对他说道：

“东京与京都之间共有一百零二个站。”

“那么多吗?”十津川咂了咂舌。要是一个一个地查的话，要浪费多少时间呀！这样一来，最后的时刻就要过去了，社会舆论会注意到这一点，说不定会发生一场大骚乱呢！不仅如此，恐怕罪犯会在这段时间里远走高飞呢！而更为严重的后果是，这些罪犯也许会把这些人质杀害了！

木本总裁岂能坐视罪犯杀害这四百名乘客不管呢? 但这只是出于国铁总裁的责任感和愿望罢了。尽管事情解决了，但总会有那么几个人成为这次事件的牺牲品。那么，警察就要被追究责任。

“全部了解这一百零二个车站恐怕是不可能的。会是离东京站最近的几个站吗? 如果是这样的话，那么乘客如果发生反抗性的骚乱，可就不好收拾了。”

听十津川这么一说，北野说道：

“无论在哪个车站下来，不是都会发生这种骚乱吗?”

“不，不是那样的，因为这趟列车叫‘神秘号’呀！我认为罪犯会利用这一点大做文章的。由于乘客事先未被告知此行的目的地，所以无论在哪里下车都会被理解为正常的事情。不过，这是一趟卧铺列车，要把睡眠之中的乘客赶下车来，也许要费一番周折吧。”

“那么，是不是可以考虑一下在车站以外下车的可能性呢?”岛崎问道。

十津川摇了摇头，说道：

“这是根本不可能的。如果在没有车站的地方停下车，打开车门，肯定会发生混乱的。车厢那么高，乘客中小一点儿的孩子不是会受伤吗? 火车停在野地里，乘客纷纷跳下车，如果有目击者看到这种情景，肯定会感到奇怪的。东海道本线穿过日本的太平洋地势地带，所以这么重要的一列火车是不可能停在令人怀疑的地方的。”

“这么说，他们是在那一百来个车站中的一个车站下的车?”

“我是这样认为的。”

“那么，为什么这个车站的职员不怀疑呢?”

第八章 六个条件

一

“我们不妨分析一下，罪犯迫使乘客下车的车站应该具备什么条件。”十津川提出了这么一个方案。

当然，这就要站在罪犯的角度来看待这件事了。过程是这样的：罪犯让四百名乘客在东京和京都之间的某个车站下车，然后将这趟已经空无一人的列车伪装成“明星六号”驶入了向日街基地。

然而，任何人都没有对这一过程产生怀疑。对罪犯来说，果真有那么理想的车站吗？如果有的话，那么应该具备什么样的条件呢？

“我认为，首先应该是天亮以后停车的车站。”十津川谈了自己的想法。

“如果天不亮就让乘客起床、下车，是不是会使乘客反感，从而发生骚乱呢？”北野问道。

“是的。”

“可是警部先生，”岛崎说道，“天亮之后再行动，不是有被车站的职员发现的危险吗？而罪犯并没有犯这种错误，因为迄今为止没有接到任何一个车站打来的报告！”

"的确没有。"北野说道。

"因此，天亮之后下来了四百名乘客，这一点在那个车站丝毫不会引起怀疑，这又是一个条件。"

岛崎和北野听十津川这么一说，都摇了摇头。北野对十津川说：

"可是警部，'神秘号'列车上的乘客虽然不知道此行的目的地，但国铁内部却应该知道，应该先在京都停车，去参观梅小路机车区呀！如果发现'神秘号'停在京都以外的车站上，又下来了那么多的乘客，一定会感到意外而向上报告的呀！"

"所以，这个车站应该不是能够紧急停车的大车站。"十津川一边看着地图，一边说道。

的确是这样的。可在一个平时仅有十来个换车的乘客的小车站，突然停下了一辆豪华的列车，从上面下来了四百多人，肯定会成为新闻的。即使车站的工作人员不当回事，这个消息也会从住在车站周围的人那里传出来的。

于是，三个人都默不作声了，因为他们怀疑是否有对罪犯来说如此合适的车站。

这不是北海道的铁路线。北海道的铁路都是单行线，是不可能每日往返五六趟的。

然而，这是日本最重要的一条铁路——东海道本线，是一条铺设在人口密度最大的东京至关西地区的铁路干线。难道有这种地方，可以悄悄下来四百名乘客而不会令人感到奇怪吗?

"休息一下好吗?"岛崎说着，给十津川和北野递过来两杯速溶咖啡。

不一会儿，时针便指向了3点。

十津川一边喝着热咖啡，一边抬头看了看墙上的挂钟。

“怎么样？不管是不是勉强，我们站在罪犯的立场上来摆一摆所需要的条件吧！”

二

于是，岛崎从里屋拿出一块小黑板，先写上了“第一”两个字。

第一，应该是天亮之后，停下一列十分显眼的火车，又一下子下来了四百名乘客，但并未引起怀疑的车站。

“还有什么条件呢？”岛崎手里拿着一支粉笔，问十津川和北野。

“我认为罪犯顶多十个人。”十津川说，“虽然他们让四百名乘客从‘神秘号’上下来，并带他们去了别处，但我并不认为当时他们采用了什么暴力手段。因为这四百人是分散在十二节车厢里的，所以如果他们用手枪什么的威胁乘客，必然会发生骚乱，从而造成有人逃亡并向警察报告的后果。这样一来，就必须取得乘客们的信任，使他们心甘情愿地从车上下来。乘坐‘神秘号’的乘客不是有许多是‘铁道迷’吗？因此我觉得，只要能够满足这些爱好者的愿望，即使是在小的车站，他们也会理解并从火车上下来的。”

“什么车站能满足那些爱好者的要求呢？”

岛崎用不可思议的眼光看着十津川，但还是把这一条写在了黑板上。

“还有什么？”

“虽然车站很小，但是不是站台应该很大呀？”北野说道。

“这与‘神秘号’的长度有关系吧！”

“是的。‘神秘号’列车的长度超过了二百五十米！如果停在站台太小的车站，乘客就会感到十分不便。而作为罪犯，不是希望四百人尽快地从车上下来吗？所以我认为，他们应该选择站台长一点儿的车站。”

于是，岛崎又在黑板上记下了这么一行字：“第三，应该是站台较长的车站。”

“其他还有什么？”岛崎有点儿不快地继续问道。他越摆条件，就越感到这种车站根本不存在。

“车站的周围应该没有什么人家。如果车站四周住户很多，那么开来一列从来没有来过的火车和下来那么多的乘客就会成为人们议论的话题。”十津川振振有词地说道。

于是，岛崎又在黑板上用粉笔写下了：“第四，应该是四周没有住户的车站。”写完之后，他对十津川说：

“我说警部，如果建有车站，那么四周当然也应该建有商业街什么的，人口也必然相对集中呀！难道可以认为像东海道这样的干线上的车站周围什么东西都没有吗？”

“这我知道，可现在咱们不是列举一下罪犯作案时所需要的条件嘛！”十津川反驳道。

“那好，如果我打算作案的话，也会考虑这么一条。”岛崎一边看着写在黑板上的字，一边说道，“你说天亮以后才可能让乘客下车，那么你认为到底是几点钟？”

“现在这个季节，5 点天就亮了！但乘客是 12 点才入睡的，所以我认为应该是在早上 6 点左右。”

“这样做会产生困难的。在东海道本线上，除了行驶着这种趣味性列车，还行驶着通勤电气机车。以名古屋为例：在大垣、米原或者丰桥一带就有通勤列车行驶，有在各站都停的慢车，也有快车。如果‘神秘号’停在某个车站，那么四百名乘客下车时，会遇到对面驶来的上行线路的通勤车。早晨在通勤高峰时，十五六分钟就发出一列车呢。当然，8 月 9 日是星期日。不过，还是应该有乘客的。也要考虑到被这些乘客看到的可能性呀！”

“确实如此！”

“这样的话，我认为这第五个条件便是‘不能让乘坐通勤车的乘客发现’。”

“还有一点，‘神秘号’列车是下行列车，所以停在了下行线的站台一侧。在同一时间里，如果有通勤车通过，那么同样应该有在那儿等候的乘客。他们也有看到这四百名乘客下车的可能性。因此，对罪犯来说，应该选择连一个乘客都不可能有的车站。”

“哪里有这么理想的车站呀！”北野不由得叹了口气。

三

于是，他们在黑板上写下了六个条件：

1. 在天亮后（早晨 6 点左右），一列由十二节车厢组成的列车（“神秘号”列车）停车并有多达四百人的乘客从车上下来，但人们并不感到意外；
2. 使“铁道迷”十分感兴趣；
3. 站台较长；
4. 周围没有住户；
5. 其他列车不会由对面驶来；
6. 站台上没有等车的乘客。

“你认为完全具备上述条件的车站在东海道本线存在吗?”

北野仍旧叹着气说道。

“这里面可是有相互矛盾的条件呀!”岛崎说，“站台长的车站都是大站，而什么车站周围没有住户呢?在哪个车站上会没有候车的乘客呢?那就只有乡下的小站了。整个东海道本线都是复线，所谓在早上6点不让对面的火车发现，简直是毫无道理的。”

“但是，只有完全符合这六个条件，罪犯才有可能成功地、神不知鬼不觉地把四百名乘客从‘神秘号’列车上骗下来，隐藏到别的地方去!”十津川一口咬定。

“也许是那么回事吧……”

十津川提高了嗓音说道：“反过来说，罪犯只有先找到这样的车站，才有可能去制订这次的劫持计划。应该肯定，确实存在着具备这六个条件的车站!我是局外人，对国铁的事不太了解。你们都是专家，应该比我更清楚，还是请找找看吧!如果发现了这个车站，那么我们就向揭露犯罪，不，是向救出四百名人质迈进了一步!”

尽管十津川说得很有把握，但北野还是皱紧了眉头，和岛崎一起陷入了沉思。

不一会儿就到4点了，距离9点30分只有五个半小时了。

岛崎默默地喝着咖啡，又一次俯下身子在打开的地图上寻找起来。北野也探着身子、伸着头盯着地图。突然，他们俩不约而同地瞪着对方喊了起来：

“啊，有了!”

四

“有了，什么车站?”十津川急切地问道。

“完全符合这六个条件的车站。”岛崎的眼里闪着激动的泪光。

这回倒是十津川显得半信半疑了。

“不是说不会有那么合适的车站吗?”

“只有一个，我们忘了这个特殊的车站了。”北野补充道。他和岛崎都十分得意地笑着。

“什么车站?”

“新垂井站，是大垣站下面的一个车站。”

“我还是初次听说这个站名呢。”

“现在从东京去关西方向的人一般都走新干线。列车行驶在东海道本线上的时候，乘客常常是在睡眠之中便过了这个小站。”

北野说完，岛崎站了起来：

“不管怎么说，现在咱们就乘车去一趟新垂井吧！与其详细地解释，不如去实地看一下，如果它符合上述六个条件，就真相大白了。”

于是，他们三个人走出屋子，坐上岛崎的车出发了。

北野在车里继续向十津川解释着：

“一开始只有垂井站，即大垣——垂井——关原。而从垂井到关原是上坡道。在战前的蒸汽机车时代，要牵引客车爬这个坡道是非常困难的事情，不用两台蒸汽机车是上不去的。于是在昭和十九年，铁路部门在垂井站的北侧修建了一条绕了很大的圈的铁路线路，是为了使下行的列车更方便。去往东京方面的是上行线，而下行线要爬这个坡，所以才特意修建了这个车站。”

“原来如此!”

“这个车站被取名为新垂井站。但是在战后，到了电气机车时代，要通过这么个坡就易如反掌了。”

“这样的话，这个新垂井站就没有存在的必要了吧！”

“是呀！实际上只有特快和普通快车使用这条迂回的线路。但由于它们在此根本不停车，所以现在这个车站就成了无人车站。”

“那么，垂井站怎么样？那里也应该有下行线路呀！”

“垂井站只停一些通勤的火车，因此垂井站周围住户不多。”

在他们两个人说话的时候，岛崎驾驶着汽车已经到达了名（古屋）——神（户）高速公路的入口处，从那里进入了国家二十一号公路。

这条公路与新干线平行。黑色的夜空渐渐亮了起来。

周围的高山仿佛向他们压过来。他们的车驶入了通向北方的坡道。

在这一带，到处都可以看到写有“从此要安装防滑链”的告示牌，大概是这里的道路一到冬天就会被大雪封住的缘故吧。

过了一条小河便是鹅卵石道，很快又转入了水泥路面。四周是广阔的田地。

车子突然停了下来。

“新垂井站到了！”岛崎说道。

十津川下了车，向四处打量着。

“这就是国铁的车站?”

他满腹疑问，因为在他的眼前只有一座朽而未腐的古寺一般的房子。

但仔细辨认，确实可以发现建筑物上标有“新垂井站”的字样。

他走了进去，发现毫无生气的检票口的上方布满了蜘蛛网。

五

“真够呛呀！完全成了废墟嘛！”十津川一边唠叨着，一边离开检票口，来到了站台上。

“可是这上边还规规矩矩地写着列车时刻表呢！”北野在十津川的后边，一边看着时刻表，一边说道。

建筑物没有顶棚，里面也没有候车的板凳，只有长长的站台向远方延伸出去。十津川像是要测量一下它的长度似的从这头儿走到那头儿。

这是个无人的车站，而站台却这么长，足足有一百五十米！

只有这么一个站台。下行的线路笔直地向远方延伸着。

在靠近站台的一侧，铺着一条引出的备用线。大概因为根本就没有使用过，轨道上长满了铁锈。

铁道的对面是一片广阔的田地，绿油油的稻子被风吹得左右摇摆。让人感觉最明显的是，距离很近的山脉简直压得人透不过气来。

周围几乎没有人家。头顶上只有蜻蜓在悠闲自在地飞舞着。

就这么站着会使人感到周围死一般的寂静。但是，当看到泛着白光的下行线铁轨时，又会使人想到不知有多少列火车从这里经过。

在检票口处，扔着一个白铁皮的箱子，上面有“请下车的各位将车票扔入箱内”的字样。十津川好奇地看了看箱子，里面空空如也。

“这个新垂井站在下行线上，只有特快列车和普通快车从此经过。而下行的普通列车大部分停在那一边的垂井站。算起来只有七列火车从此经过。但即使这样，也和大家看到的一样，这是一个远离人烟的车站，几乎没有人在此下车。”岛崎在旁边进一步解释道。

在站台上，仅仅竖着两个写着站名的广告牌。它们好像是新做的牌子，使人产生了一种奇妙的感觉。

十津川站在站台上，再一次环视四周之后，下了这么一个结论：

“除此以外，别无可能。罪犯就是在这个地方让‘神秘号’停了一下车，将乘客带到了某个地方。”

“我也有同感呀！”北野赞同地点了点头。

“只有这个车站才具备那六个条件！”

“这个车站也太安静了！乘客当中难道就没有人怀疑吗?”岛崎说出了自己的怀疑。

“所以，为了这一点，罪犯多少会做些手脚吧！”

“你举个例子说说。”

“正如大家看到的那样，在这个长长的站台上，什么吸引人的东西都没有。反过来说，应该有些哪怕是装饰性的东西呢，就像大学生搞文化节时庆祝用的拱门，就算摆上桌子，放上些茶碗也行啊！我认为罪犯应该在站台和检票口处搞些装饰，哪怕是一些最简单、最起码的装饰呢！”

于是，他们三个人开始寻找这种证据，从站台的这一头找到了那一头。

可是什么也没有找到。

当他们走到站台中间的时候，发现了三四十个空的啤酒瓶和装橘子水的空罐儿，而且是崭新的。在这个无人的小站里有这么多的空罐儿、空瓶，真令人费解。十津川由此想到，如果考虑到有四百多名乘客由此下了火车，便可以顿开茅塞。

站前的广场虽说叫作“空地”，但充其量也只能停两辆大型公共汽车。如果在这儿预备上两辆能装五十人的大型公共汽车，把四百名乘客拉到某个地方的话，必须要往返几次才行。也许是在等车的时间里，乘客们一边喝着罐装啤酒、橘子水什么的，一边随手把空罐、空瓶扔到了站台上，因为站台上连盛垃圾的箱子都没有。

接下来，又一个情况引起了他们的注意：在检票口处有轻微的被破坏的痕迹。

这个铁制的检票口，上面的油漆脱落了，却有一处很新的像是用铁丝勒出的痕迹。

另外，木制板房的车站已经腐朽不堪了，但在这些陈旧的木板上却到处都有被钉过的新痕迹。

是不是在这个检票口挂过“欢迎”的横幅，是用铁丝把这些标语固定在检票口上的?

再有，那些钉在木板上的钉子，是不是也钉过什么装饰物?

“只好拜托岐阜县警察署打听一下周围的情况了!”十津川无可奈何地说着。一阵火车的轰鸣声响起，一趟下行列车呼啸而过。

六

从岐阜县警察署赶来了十名警察。他们的任务就是协助十津川了解一下车站周围的情况。

十津川认为，如果“神秘号”在这个新垂井站停过的话，那么肯定是在早晨6点左右。虽然车站周围没有住户，但附近有铁路岔口。因此十津川认为，如果有偶尔通过铁路的人，说不定就会看到些什么！

于是，他们三个人站在站台上，等着打探来的消息。

“连这样的地方都派上用场了。”

北野一边环视着四周，一边问十津川：

“罪犯是怎样把四百名乘客弄到别处去的呢？”

“如果是运的话，我认为是用大轿车！一辆要往返七次半，两辆要往返三次半！从站前空地的大小来看，一次是停不下三辆的。”

岛崎接着十津川的话茬说下去：

“一般的旅馆可容纳不了这些乘客，必须是大的旅馆。”

“这一带有比较大的旅馆或饭店吗？”十津川问道。

“这附近的‘养老潭’十分有名，但大概也接收不了四百人！”

“其他的呢？”

“大一点儿的饭店，只有京都、名古屋、岐阜有。岐阜最近，那儿有一个‘长良河信鸽场’。从这里到岐阜乘车要多长时间？”

“单程也得四十分钟！”

“这样的话就不对了。就算用两辆能装五十人的大轿车，按最快的车速，运四百人也要花二百八十分钟，也就是四个多小时！如果是早晨6点下的火车，那就离天亮太近了，完全有被发现的可能。我不认为罪犯会干出如此愚蠢的事情。”

“我说警部，如果到京都和名古屋的话，要花更多的时间！”

第八章　六个条件

“是啊！”

正当十津川百思不得其解时，一名警察署的警察喜形于色地带着一个小个子老头儿回来了。

他兴奋地对十津川他们说：

“这位是前边那家的农民。他说 8 月 9 日早晨，他亲眼看到了停在这个车站上的火车。”

“什么时间？”

听十津川一问，那位被太阳晒得皮肤发黑的老人用手擦着额头上的汗说道：

“大概是 6 点吧。我骑着自行车过那个岔道口时，看到一列从来没见过的电气火车停在那里。好长好长的客车呀！”

“是蓝色的吗？”北野着急地问道。

“啊，是蓝色的，还是卧铺车呢！”

“在车头的前边，有没有挂着一个圆形的带有‘神秘号’字样的车徽呢？”

“那我可没注意。当时我有急事，很快就通过了铁道岔口。我想，那趟火车也许是发生了故障才停在那里的。”

“有乘客下到站台上吗？”

“有啊，有好多呢！”

“当时的站台上有什么装饰物吗？”

十津川忍不住又插了一句。

这个老头儿眯缝着眼睛想了一会儿，说道：

“没有。这个车站以前很破旧，但当时我觉得很整洁。在检票口处，有一个……”

“是欢迎的横幅！”

七

"在车站前，您看见大轿车停在那里了吗?"十津川问道。

那个老头儿立刻答道：

"我只看见了火车和站台上的人。我办完事回来时，车站上已经什么都没有了。火车不见了，站台上的人也消失得无影无踪了。"

"横幅也没有了?"

"是啊!"

"你回来时是几点钟?"

"在垂井办完事……我觉得是9点吧。"

从6点到9点，仅仅三个小时!

"警部，如果用两辆大轿车在三个小时内将这四百名乘客运走的话，单程要用二十五分钟左右。"岛崎皱着眉头说道。

"计算一下，确实是这么回事。"

"可从这个新垂井站出发，二十五分钟就能到达的地方，既没有饭店也没有旅馆呀！因此，装五十人的大轿车，罪犯会不会动用了四辆？这样的话，每次能运二百人，往返一次就够了。从6点到9点的三个小时里，用四辆大轿车从这里到目的地运两次就行了。就算是单程需要一个半小时，也可以到达。所以，像您刚才说的，当然可以把乘客运到岐阜县长良河畔的饭店去了!"

"嗯，是那么回事。不过请您认真看一下，站前的空地只能停两辆大轿车。如果他们准备了四辆车，那么另外两辆就必须停在马路上了。但这个老头儿可是骑着自行车从这条路上经过的。如果在路上停着两辆大轿车，那么他当然能够看见了!

可这个老头儿并不知道大轿车的事情。”

“可是警部，开车走二十五分钟左右，在这个范围内，连一处饭店和旅馆都没有啊！”岛崎不服气地反驳道。

“那万一罪犯在这里把四百名乘客弄下车之后，又运到了垂井站呢？从这里到垂井站可只需二十分钟就到了呀！”

“把他们带到垂井站去？罪犯怎么解释？”

“因为这些人都是‘铁道迷’，所以肯定对新垂井和垂井的这段历史感兴趣。他们这些人当然不会怀疑把他们从新垂井弄到垂井去参观是有别的企图了。让这四百人乘上电气机车，从垂井出发，这样一来，这列火车不就成了运行着的饭店或旅馆了吗？”

“我说北野先生，如果垂井的电气机车里突然涌来四百名乘客，那还不乱了套！”十津川不相信地摇了摇头。

“所以他们才像以前那样，搞一列团体包车呀！国铁正面临着赤字危机，非常欢迎这种团体包车。而且，一般的电气机车有五节车厢就可以很容易地装下这四百人了。罪犯们这样干的话，不是很巧妙地把国铁弄成劫持的同伙了吗？连乘客们都会毫不怀疑地认为，垂井站的这趟团体列车是‘神秘号’的继续，会毫不犹豫地乘坐！所以我认为，从垂井出发的有上行、下行列车，因此不能判定他们究竟是去了大垣、名古屋，还是去了京都。反正他们是带着这四百名乘客去了能够容纳、收留这么多乘客的旅馆或饭店了。”

“这种从一趟团体列车上转到另一趟团体列车上的推测挺有意思。确实，这样一来，乘客们也许会高高兴兴地这么办的。不过北野先生，照您这么说，垂井站的职员总该知道吧！”

“那当然！咱们这就去核实一下吧。”北野十分得意地对十津川和岛崎说道。

他们三个人向岐阜的县警们致谢后，便驱车去了垂井站。

公路两旁都是田地，只有稀稀拉拉的几户人家。正如岛崎所说，连一处饭店和旅馆都没有。

从车窗向外望去，远处新干线那长长的银白色线条尽收眼底。它正好穿行在岐阜的羽岛与米原的中间地带。

十五六分钟之后，他们来到了垂井站。

这个车站只有十多个职员。站前有几家商店，有一辆出租汽车停在那里。

岛崎停下了车。北野一个人跳了下去，他打算问一下车站的职员。

不一会儿，北野摇着头跑了回来。

“白来一趟!”北野懊丧地说道，“他们说 8 月 9 日根本就没有开出过团体列车。”

“四百名乘客也没有来过吗?”

“据说没有看见。”

“噢，那在新垂井站下来的四百名乘客都到哪里去了呢?”岛崎手握着方向盘，自言自语地说道。

八

搜查碰上了障碍。只有一件事弄清楚了，那就是：8 月 9 日，冒充冈部义夫的那个人率领着二百人的团体，到梅小路机车区参观了蒸汽机车。

他们从专门报道京都新闻的一个月前的报纸上查到了一则广告消息：

参观梅小路机车区蒸汽机车馆之游

日期：8 月 9 日　上午 10 点

场所：京都车站站前（乌丸口）

人数：二百人

费用：每人二百日元（含午餐费）

因此，那二百人不是“神秘号”列车上的乘客。登出这则条广告的，是那个叫冈部的男人，他也许就是冒充营业部的那个冈部的男人吧。

第九章 补习学校

一

罪犯再也没有打来电话，因为他们已经获得了超过十亿日元的赎金。

上午7点30分，国铁总裁室被一种悲观和乐观交织在一起的气氛笼罩着。

当时认为，在向日街车辆基地发现了“神秘号”之时，便是四百名人质获释之日，而现在却处于山穷水尽的境地了。

他们得知8月9日早晨四百名乘客在东海道本线上的新垂井站被罪犯弄下了火车，心情更加沉重。

他们好像又走进了死胡同。

“照目前的情形，9点30分人质是回不来了!”木本总裁一边死死地盯着表，一边对本多科长说道。

“大家都在全力以赴地抓罪犯、救人质呢。”本多自言自语道。

“我说本多科长，我们现在和开始一样，连罪犯长什么样、人质在什么地方都不知道!”

“从表面上看，我们确实是山穷水尽了，但还不能说一点儿办法都没有。我们只要知道了四百名人质是在哪里从‘神秘号’上下来的，就将那个地点严密地监视起来。”

“可听北野君说，那一带根本就没有能够容纳四百人的饭店和旅馆!”

“我从十津川警部那里也得到了同样的报告。不过，从别的渠道还没有传来令人失望的消息，龟井正在进行调查。”

“还有什么其他办法?”

“您觉得那个被杀的叫石山清之的男人怎么样?”

“我认为他确实是那个叫‘快乐之年’的旅游俱乐部的成员。”

“是的，完全有理由怀疑这个男人是罪犯之一，所以龟井他们正在进一步了解情况。”

二

龟井带着年轻的助手樱井，再次来到太田医院，拜访“快乐之年”的筹划人太田先生。

“这么早就来打搅您，实在对不起!”龟井在院长室里向太田行了个礼。

“不，没什么。因为我早上要散步，所以我常常起得很早。”太田十分优雅地笑道。

这时，太田医院里还是一片宁静。

“我们是为了‘快乐之年’的事情。您的会员恐怕是遍布全国了吧!”

“是的。这样的话，互相通报各地的情况十分方便。”

“岐阜这一带也有吗?”

“噢，当然有了。”

“有没有在岐阜这个地界儿开饭店或旅馆的?”

“岐阜可太大了，是不是指整个岐阜县呀？”

“嗯……就是新垂井站那一带吧。”

“那我就明白了。是不是东海道本线大垣站下面的一个小站呀？”

“是的，就限定在这个范围内。”

“在那一带可没有开饭店和旅馆的会员，整个岐阜县都没有。干这行的会员，仙台和京都各有一位。”

“那么，京都的旅馆都很大吧？”

“不，不大，我还住过一次呢。像嵯峨野附近的日式旅馆，顶多能住十五六个客人。”

太田一边说着，一边在抽屉里来回翻找着什么。不一会儿，他便找出两三张彩色照片让龟井他们看。这是京都的旅馆的照片，果然门面都不大。

“这是在两年前的秋天，我住在那儿时照的。”

龟井打算换一个话题：

“有没有退会的人呢？”

“退会是自由的，但大家都觉得本会的宗旨和安排挺好的，所以没有退会的。”太田十分得意地说道。

“强行退会的也没有吗？比如该会员遇到了什么麻烦事……”

“不能说没有，因为我们的入会章程规定，对本会和其他会员有任何意见，都可以退会。”

“那最近有没有因此而退会的会员呢？”

龟井这么一问，太田的脸上露出了十分困惑的表情。

“怎么说呢……”

“如果太田先生没有什么不便的话，那么务必请您说一下！”

“一定要说吗?”

“是的。我们非常希望得到您的指教，也许这有助于侦破石山先生被杀的案件。”

“是这样啊!”太田说道，“最近，退出本会的只有一个人。在本会，即使是有名的公司经理，也只能是普通的会员。但是，这个退了会的会员却欺骗了这样的经理，向他借走了一大笔钱。因为这笔钱有几千万日元，所以他退了会。”

“能告诉我他的名字吗?”

“这个人已经与本会毫无关系了，一定要核实吗?”

“那当然了。”

“他叫白石刚。入会的时候，他有一个挺好的职业，看上去不像是个有问题的人!”太田说着，叹了一口气。

“他是干什么的?”

“据说是在名古屋的一家汽车公司里工作。”

“汽车公司?”龟井情不自禁地大声喊了起来。

三

“是啊，他有十二辆汽车，开了个旅游公司，大概是叫‘白石观光公司’吧。他在会里时，有一年好像开着‘白石观光公司’的车子到渥美半岛旅游来着。大概是去年吧，好像是经营上遇到了什么麻烦，才干了这么一件令人讨厌的事情。”

“是不是骗钱的事?”

“是的。本会的会员由于相互很熟悉，借了钱不还的事时有发生。我常听到被欺骗了的会员向我诉苦。这当中还有借了好几千万日元不还的经理呢！因而这些都成了退会的理由!”

"白石刚是个什么样的人?"

"刚刚四十岁，仪表堂堂。他从一个出租汽车司机变成了一个观光公司的经理，就像打了胜仗的将军一样。他还劝我拿出一千万日元来投资呢！这个白石先生就是出卖了全部不动产之后投资了观光公司的。我觉得当时没答应他是对的。"

"您知道现在这个人在干什么吗?"

"因为有了那十二辆汽车，所以他要大干一番呢！可他已经不是本会的会员了。"

"这个白石先生与被杀害的石山先生关系密切吗?"

"那就不太清楚了。"

"有没有和白石先生关系密切的会员? 我们想打听一下白石先生的近况。"

"那好吧。在新宿，有一个开补习学校的高野先生，好像和他挺投脾气。高野先生也是靠这个发的财。不过，我说的这些事情，您二位可要保密呀！也许现在他们两个人的关系疏远了呢!"太田十分担心地说道。

于是，龟井和樱井告别了太田。在去新宿之前，他们先给国铁总裁室的本多科长打了个电话。

"这个白石刚与他的那个旅游汽车公司有关。十津川警部报告说，这伙罪犯就是在新垂井站下了'神秘号'，然后用大轿车把乘客拉走了。我认为，有了汽车公司经理，推理就可以成立了。而且，新井站离名古屋很近呀!"

"那好！你们再和十津川警部联系一下吧!"本多十分兴奋地说道。

打完电话，龟井和樱井一同去了新宿。

"听说这种补习学校很赚钱。"樱井一边走，一边对龟井说道。

第九章　补习学校

“是的。”龟井点着头。他的儿子在念六年级，也在上私人补习学校。因为其他孩子都在上这种补习学校，所以不去那儿就不能和大家一起玩儿了。

高野补习学校在新宿的西口，是一幢造型别致的建筑物，旁边有一个十分醒目的广告牌。

时至傍晚，校门紧闭，十分宁静。

“补习学校也有暑假吗?”

樱井一边透过栅栏门向院内张望，一边摇着头说道：

“补习学校是为了高考而开设的，现在是最忙的时候!”

“可里面没有人啊!”

“里面有个看门的，咱们过去问问吧!”

龟井隔着栅栏喊了起来。

这时，从里面走出一个五十多岁的看门人，很不耐烦地摆了摆手，像是要赶他们走似的。龟井掏出了警察的证件。

“我们要打听一件事。”

这个看门人一看警察的证件，慌忙打开了栅栏门。

“这儿为什么关门呀? 现在不是要为明年 2 月的高考做准备，正是紧张的时候吗?”

“是的……”这个看门人说到这里，突然停住了。他犹豫了一下，说道：

“嗨，我听说这个学校已经卖给别人了。我正为还能不能拿到报酬而担心呢!”

“听说现在补习学校很挣钱呀!”

“哪儿的话，经营这个学校的高野先生瞎逞强，在全国设了许多分校，结果好像是广种薄收了。”

“我们想见见这位高野先生，到什么地方去找呢?”

“田园调布市有他的住宅。不过，你们即使找到了那里，也不知道他在不在家。”

“为什么?”

“要债的常常来呀！他老不在家，他们十分愤怒!”

“这个高野先生为人怎么样?”

听龟井这么一问，这个看门人迅速回到屋里，抱出一本书来。

“请看看这个就知道了。这个学校的工作人员的名字都在上边写着。”他说着，笑了起来。

硬实的封面上印着烫金的字：

我之教育观　高野正之著

在第一页上，有一张高野的十分潇洒的半身照，还有各界知名人士的贺词，几乎都是恭维的话。恐怕为了得到这些名人的美言，高野花了不少钱呢!

龟井随便翻着，里面写的都是一贫如洗的高野如何有了普及教育的愿望，最后成为一个实业家的事情。

龟井又看了一下简历，他是昭和十二年①出生的，现在还不满五十岁。

正好和白石刚年龄相仿。“也许是他们俩合伙策划的这次劫持吧!”龟井眼前一亮，对樱井说道。

“这两个人在力图谋取巨额钱款上都有很明确的动机呀!”

年轻的樱井盯着眼前这幢圆顶的大楼，点了点头。

“不过，一个补习学校的经营者和一个旅游观光公司的经理不可能是主犯。如果没有会开电气机车的国铁内部的人，是

① 即1937年。——译者注

办不成这件事的。他们一定是与这种人结成了团伙。”

“我很想知道白石和高野这两个人在什么地方。”

“白石刚住在名古屋，可以让十津川警部去了解一下；我们去田园调布市的高野家怎么样?”

于是，两个人向田园调布市奔去。

在并木区美丽的高坡上，并排修建着许多高级住宅。在那儿的一角，有一座房子的前面挂着“高野”的名牌。他们向里面张望着。四周十分宁静，里面没有人。他们按了半天门铃也没有人出来，只好去附近的派出所打听一下这个高野的情况了。

“好像是一个星期前就没有人了。”派出所的警察对亀井他们说道。

“我们想了解一下其他的情况。听说这所住宅做了多重抵押，房主买进了这一带的不动产，要盖一座公寓！还听说这家原来有个夫人，但已经和房主离婚了，现在怎么样了，在什么地方，都不清楚。前面说的事情都是听常来这儿要债的人说的。”

四

“还有件事情要拜托一下。”亀井对这个警察说道。这个警察神情紧张地问道：

“什么事情?”

“凡是来高野住宅的人，都记下名字、电话，以及他们和高野的关系。”

“高野先生出了什么事吗?”

“也许出了事，也许没有。我们正是想知道这一点。”

“明白了。全都记下来之后，再向您报告！”

“好，那就拜托了！”

龟井轻轻地拍了拍这个年轻的警察，和樱井一起走出了派出所。

强烈的阳光照射着并木的大道，今天的天气非常热。

这种物理的热度还是可以忍受的，容易抵御。为了追捕罪犯，龟井和其他警察不论严寒还是酷暑都要四处奔走。如果抓不着罪犯，救不出人质，超过了规定的时间，那才让人受不了呢。

今天上午 9 点 30 分就是规定的时间了。国铁对外宣布说，上午 9 点 30 分“神秘号”便将抵达东京站。这基本上说得过去，大概还不至于引起骚动。

对“神秘号”列车推迟整整一天到达东京站持怀疑态度的《旅窗》杂志记者乘兼由纪子，应当理解十津川他们的心情。

一旦过了 9 点 30 分，人们将会逐渐发现其中的奥秘，国铁将处于十分难堪的境地。

如果到了 10 点再说出火车晚点的理由，那么人们都会认为他们是在糊弄人，是绝不会相信的。

事情到了这步田地，也只好公开事情的真相了。

“要是发生一两个人被劫持的事情，通过各种手段平息一下社会舆论，是不难办到的。这次事件如果能得到舆论界的支持，可就是万幸了。让我们来分析一下吧。报界是社会的喉舌，一贯强调‘以现实主义为己任’。因此，如果他们对关系到四百名乘客的事情不予关注的话，那就说明他们与这次事件有瓜葛了。”

最让人头疼的是，如何对付这四百名乘客的家属。

由于他们还不了解事情的真相，还没有危机感，所以没有闹事。但如果他们知道了事情的真相，那么他们的力量是无法抗拒的。

“现在几点了?”龟井要确定一下时间。

“7 点 50 分!”

“妈的！还剩下一个小时四十分钟了!”龟井轻轻地叹了一口气。

高野正之和白石刚这两个男人是能够找到的，但究竟这两个人与这次事件有没有关系，还不得而知。他们想了解一下，又不知道这两个人的行踪。

时间太紧迫了！龟井被搅得心神不宁。

五

十津川和北野告别了岛崎，去了名古屋。

东京方面来了通知，是关于白石刚的。

发现了新垂井站，这对于破案来说是一大进展。这证实了罪犯们在这里停下了“神秘号”列车，把四百名乘客带往了某处，而又将空车伪装成“明星号”返回了向日街基地。

虽然弄清楚了上述这些情况，但在新垂井站周围根本没有可以容纳四百人的旅馆和饭店。那个叫白石刚的男人也许是冲破这层迷雾的关键人物。

十津川就是抱着这样的希望奔向名古屋的。

他要去名古屋了解一下目前“白石观光公司”的状况。北野是帮不上什么忙的，他将从名古屋回东京。因此，十津川只好求助于爱知县的警方了。

“白石观光公司”的总部在名古屋市中心的荣街。

十津川到达名古屋后，县警察署很快就派来了警察。

生意兴隆时，"白石观光公司"曾拥有一幢大楼、十二辆汽车和近二百名职员。

"现在这幢大楼已经被拆毁了，目前正在建造一幢高级公寓。"县里的一名警察对十津川说道。

"知道白石经理现在怎么样了吗?"

"我带来了一位非常了解他的情况的人，还是请您直接向他了解吧。"

"是什么人?"

"是在'白石观光公司'当过秘书的木户明。"

于是，这名警察将一位四十岁左右、很瘦的男人向十津川做了介绍，并说他目前正在和妻子一起在市内开一家小吃店。

"如果你不干正经买卖的话，那么干不了多久就会垮台的。"木户明耸了耸肩，说道。

十津川对"白石观光公司"为什么破产并不感兴趣，他只关心一件事，就是这个叫白石刚的男人与案件到底有没有关系。如果没有关系，那么即使有上千亿日元的家产也与他无关。

"你知不知道这个白石经理现在在什么地方?"

"不知道。那么多债主下了很大功夫去找，都找不到他。"

"听说，'白石观光公司'有过十二辆大轿车?"

"是呀，在名古屋市内，这是数得着的观光公司呢!"

"现在这十二辆车怎么样了?"

"当然全都处理掉了，因为他的公司倒闭了，这些车全都做抵押了。"

"他会不会带着两三辆车跑掉了呢?"

十津川这么一问，木户笑着说道：

“哪能带着那么大的东西逃跑呢！真的，全都处理了。”

“为什么全都处理了呢?”

“他的公司出现危机之后，应该卖掉一两辆车就可以了，但他把车几乎全都卖光了。真的，都卖给了一家饭店，用来接送客人。”

“饭店? 什么饭店?”

“我记得是一家叫田岛的饭店。”

“田岛饭店?”十津川反问了一句。他对带木户来的警察说了一句什么。看样子，那人明白了十津川的意图，飞快地跑了出去。

六

十五六分钟后，那个警察气喘吁吁地跑了回来。他进到屋里，把头轻轻地靠近十津川，说道：

“不对呀！田岛饭店的人根本没见过四百名乘客！他们倒是有一辆大轿车，的确是从‘白石观光公司’买进来的。可这三天里，他们说一次也没有开过呢！”

“是吗? 那你应该了解一下其余那十一辆车的下落，反正这个木户先生也提供不了其他有价值的信息了。”

“也许要花不少时间呢！我尽力而为吧！”这个警察对十津说道。

过了一会儿，在新垂井站和十津川分手的岛崎给十津川打来了电话。

“没有什么特别重要的消息，不过我觉得还是让你知道一下更好。”

“什么事情?”

“在新垂井站，每天下行的普通电气机车要停七次车呢！”

“这是你打听来的？”

“是的。问题是时间。第一次在新垂井站停车的时间是早晨6点50分。”

“6点50分？”

“是的，从它的前一车站大垣站到垂井站停一次车。我认为在新垂井站不会有乘客上下车的。不过，即使没有乘客上下车，也可以看到停车期间来到站台上的司机和乘务员。这样的话，早晨6点左右，‘神秘号’停了下来，让乘客下车之后，在6点50分之前，罪犯把乘客拉到了某个地方，并将布置在车站上的装饰物全部取了下来。”

“嗯……”十津川没有放下电话听筒，情不自禁地哼了一声。

也就是说，那位老农民6点在新垂井站看到了停着的火车和四百名乘客。而6点50分，普通火车便到站了。

如此说来，在五十分钟里，不，由于他们要打出五六分钟的富裕时间，就必须在45分钟的时间里把这四百人弄走。这帮家伙干得可真漂亮呀！

也就是说，如果用两辆大轿车的话，他们只能将乘客运到距离车站有七八分钟路程的地方去。

想到这里，十津川的心情又沉重了起来。

这么近的地方，别说是饭店和旅馆了，就连一户大一些的人家都没啊！

七

北野乘坐“光—176号”返回了东京。

第九章　补习学校

到达东京站的时间应该是上午十点多。到那时如果还未发现这些人质的踪迹，那么恐怕东京站会被这四百人的亲属围得水泄不通！

北野在座位上心神不宁地抽着烟。好不容易才在新垂井站发现了一点儿线索，却再也没有进展了。

对于罪犯的人数，还没有把握，但肯定不是单个的罪犯。仅仅是把这四百人囚禁在一个地方，就需要四五个人呢！

十津川警部说，罪犯至少有十个人，这不过是大致的推测。嗨，这和什么也不知道有什么两样?!

这帮罪犯顺顺当当地把十亿日元，不，将近十一亿日元巨款弄到了手，也许现在正计划着逃往国外呢！

在这些钱当中，有一亿日元是从他的手中被夺走的，就是那个戴红帽子的家伙干的。

北野总觉得好像在哪儿见过那家伙。他闭上眼睛，拼命地在记忆里搜索着。如果能回忆起这个人来就好了。

但他怎么也想不起来，于是便睁开了眼睛。

在他旁边的座位上，扔着一本在名古屋下车的乘客丢下的周刊杂志。北野漫不经心地将杂志拿了过来，随便翻了翻。他觉得这本杂志上是不会有他所需要的答案的。

但是，突然，北野的脸色变了。

这本杂志上居然真的登着答案！

他发现这一点时，十分困惑，简直不能相信事情竟然这么凑巧。但是，北野知道自己并没有看错。没错儿！杂志上刊登的一幅照片上面，正是那个戴红帽子的家伙！

他立即站了起来，奔向有电话的九号车厢。

但不巧，两部电话都被占着。北野焦躁地一边看着手表，一边来回地踱着步子。终于等到有人打完电话走了，他迅速打通了国铁总裁办公室的电话。

“我是北野。现在我正乘新干线上的列车去东京。”

“辛苦了！”这是木本总裁的声音。

“非常遗憾，但我还是要告诉您，我们又一次碰壁了！……”

“不！发现那四百名乘客的下车地点就是很大的进展呀！”

“承蒙您的谅解，实在不好意思。不过，我终于找到了那个在东京站从我手中骗走一亿日元的戴红帽子的家伙！”

“你确实没认错？”

“没有！虽然回忆起来挺费劲儿，但我还是想起那家伙的模样了！”

“是吗？到底是谁？”

“发现这件事可真有点儿意外……”

北野正要说下去，突然又把话咽了回去，因为这与他想象中的人似乎多少有些不同。

“说说看呀！”木本焦急地催促道。

“是西本功。是那个演员西本功！虽然他戴了一顶红帽子，但没错儿，就是西本功！”

“西本功可是知名度很高的演员啊，为什么干这种事？”

“理由还不清楚，但这个戴红帽子的人肯定是西本功！请见一下他，确认一下吧！”

第十章
狂人

一

西本功的家在麻布市。

接到本多科长的电话之后，龟井和樱井坐着巡逻车赶到了麻布市。

这一带的住宅都是一流的，里面住的大多是艺术家。

西本功的住宅占地二百平方米左右，面积不太大，但不愧是年轻的名角之家，房屋的造型很时髦。

他家的大门上安着监测器。龟井他们站在大门外，摁了一下门铃。

“是哪位?”

传来了一个女人的声音。

龟井对着监测器的镜头，亮了一下警察证。

“我们是警察，想见一下西本功先生。”

对方一下子沉默了。过了一会儿，从里面传来了“请”的声音。

大门打开了，西本功亲自出来了。他那精悍的、非常受年轻姑娘喜爱的面容，今天却显得十分苍白，毫无生气。

“有事吗?”西本功很不自然地问道。

“是为东京站的红帽子一事而来。”龟井直截了当地说道。

突然，西本功脸色一变，慌慌张张地把他们让进了屋。

西本功的妻子进屋送饮料时，龟井什么话也没说。确认她走出房间之后，他才开门见山地问西本功：

“你化装成红帽子搬运工人到了东京站，取走了北野秘书那两只装着一亿日元的皮箱子，对吧?”

西本功摇了摇头，但他似乎说不出反驳的理由来。

“我断定是你！你为什么要那么干?”

龟井死死地盯着西本功。西本功受不了了，浑身哆哆嗦嗦地像筛糠一样。突然，他两只手扶在桌子上，大声喊道：

“饶了我吧！我没有办法才那么干的！饶了我吧！”

“安静些！你把事情的缘由说一下吧。我们还没有把你当成罪犯的同伙呢！”龟井诚恳地对西本功说道。他认为，这个人不像是那种专门劫持人质的人，不存在这种动机。这种刚刚成名的影星是绝不会干出这种事情的。

“我的孩子成了人质。”西本功说道。

“我们知道你的孩子在那趟‘神秘号’列车上！”

“真的?”西本功惊讶地问道。

龟井点了点头，说道：

“这么说，你知道那列火车的全体乘客被劫持了?”

“一开始我完全没有想到，只认为我的孩子和整个车上的人一起去旅行了。我还以为没有什么事，也许是有人搞的恶作剧呢！后来他们让我听了一下儿子的声音。平常我的孩子是很勇敢的，但那天听到的是他的哭泣声。”

西本功一边回忆着当时的情况，一边紧咬着嘴唇。

“然后对方就向你提出了要求?”

“是的。我以为他们是要钱，但对方笑了，说不要钱，要我按他们说的干。他们要我偷来一辆车，然后装扮成‘红帽子’。上个月我在一部剧中扮演过一个搬运工，也许罪犯掌握了这一点吧。然后要我靠近一个站在银铃下边的男人。他们告诉我如何答复那个男人的盘问，并威胁我说，如果不照办，就杀死我的孩子。我是出于无奈才干的呀！我知道不能将此事告诉警察，因为我当时只想救出我自己的孩子！”

“你按他们的命令办了，你儿子被放回来了吗?”

“他们只说不杀他，把那只皮箱运回来之后，要一直老老实实地，对谁都不准谈起这件事情。如果这样，孩子就能被放回来。这是相当痛苦的事啊！我是想报告警察的，但我不能……”

二

“那么，今后请与我们配合吧!”

西本功无可奈何地叹了一口气，问道：

“‘神秘号’列车的乘客真的全都被劫持了吗?”

“很遗憾，这是事实。”

“我的儿子也在里边呀!”

“是的。”

“火车上有四百名乘客呢！全都被劫持了?”

“是的，确实是这样。”

“他们为什么要这么干?”

“这些家伙善于声东击西。”

“现在这些人质怎么样了，放回来了吗?”

“他们说过，一旦支付了赎金，就放人。所以，国铁给了他们赎金。但不知道他们为什么不遵守诺言。”

“罪犯究竟是一伙什么样的人呢?”

“这一点我们也不清楚！从其高超的作案手段来看，他们是非常狡猾的老手。”

“你们不知道人质被关在什么地方吗?”

“大体上知道些，具体的还不清楚。”

“到底知不知道?!”西本功觉得莫名其妙，不禁生起气来。他冷静下来之后，连忙对龟井说道：

“实在对不起。我实在是为儿子担心呀!”

“我能理解。孩子多大了?”

“十岁，上小学五年级。”

“和我儿子同岁。不过，我那儿子还有一个妹妹呢!”

“我只有一个儿子!”

“担心是自然的了。打电话来的是个男的?”

“嗯。”

“你能根据声音判断出他的年龄吗?”

“年龄嘛，我觉得大概也就三十至四十岁。冷静、沉稳，我一害怕他就十分高兴。因此，虽然还不知道他是个怎样的人，但我认为他盛气凌人，有可能是那帮人的头目。而且，他应该是一个办事果断的独裁者，说话毫无商量的余地，给我打电话都那么蛮横!”

“你相当注意他说话的语气呀!”

“在电话里，还能听到一种奇怪的声音。”

“什么意思?”

“是一种铁道模型转动的声音。”

“是火车走在铁轨上的声音吗?”

“是的。我儿子是个‘铁道迷’，我给他买过那东西，就铺在孩子的房间里。火车跑起来还真像那么回事！我听电话里的声音和那种声音是一样的。我想，他是不是为了哄我儿子，也给他买了那东西？可是，有四百名人质，就不会是这种情况了。这绝不会是给我儿子一个人买的。这个罪犯准是个‘火车狂人’！”

“是在和他讲话时听到这种声音的吗？”

“不，自始至终都有这种声音，每次打来电话时都能听到这种声音。”

“这么说，这种声音相当响！”

“我觉得是这样。所以我认定他是个‘火车狂人’。如果两三列模型火车同时行进，就必须铺设几条轨道。这家伙说不定还安上了站台啦，铁道岔儿啦什么的！在我的朋友当中，有这种嗜好的大有人在。这种模型占据了房间的大部分面积。”

“这么说，罪犯是一个喜爱火车模型的人。你还发觉了什么？”

“还有，他说话没有外地口音，所以我断定他是东京人。”

“也就是说，罪犯是东京人，酷爱铁道模型，曾经指挥别人干这些事儿。”

“嗯。对了，我觉得他是个中年人。”

“明白了。如果你再想起了什么，就请立刻通知我们。”

“警察先生！”

“还有什么事？”

“那四百人，包括我儿子在内，会平安回来吗？”

“为此，警察和国铁方面正在努力！”

三

龟井和樱井从西本功家里出来之后，上了巡逻车。年轻的樱井开着车。

不巧，他们赶上了上下班的高峰时间，公路堵塞了。没办法，他们只好打开声音刺耳的警笛，从众车之间择路而行。

坐在副驾驶座上的龟井陷入了沉思。

"你在想什么，龟井先生?"樱井一边操纵着方向盘，一边不放心地问道。

"什么?"

"根据西本功的交代，我们弄清楚了什么？这个罪犯是东京人，中年男性，酷爱铁道模型……"

"对!"

"即使这样，也提不起气来。你是担心时间吗?"

"不！看见西本功，我倒真有些担心了。"

"是不是担心他在说谎?"

"不是。我只是在想，罪犯利用人质来威胁其父亲，共有四百名人质呢！这里面有各种各样的人。如果考虑到他们的家庭背景，那恐怕就更加复杂了。他们的家庭成员中也许有著名的政界人士，有国铁或警察系统的人。罪犯会不会利用这一点呢？罪犯已经利用了这一点。从这方面来考虑，这可不是件小事!"

"原来是这样。我还没想到这一步呢！是啊，如果人质的家庭中有飞国际航线的或是海关人员的话，罪犯们也许会利用这一点，策划逃往国外呢!"

"因此，即使他们弄到了赎金，也不会把人质放回来的。"

"'神秘号'列车上的乘客都是写来明信片才坐上车的，所以，他们一定利用了这些写有乘客住址和姓名的明信片。他们要是逐一调查，可就麻烦了!"

"正如你所说，罪犯应该是把人质排成了队，打听出对他们有利的人，然后加以利用。”

“这帮混蛋！”樱井小声地嘟囔着。

龟井自言自语地说道：

“没办法，我们是无能为力的。罪犯之一是个铁道迷，只好根据这条线索调查一下了。”

回到搜查总部之后，他们俩将西本功的供词向每个刑警进行了传达。

“是什么铁道模型？”

大部分警察都漠然置之，只有一个叫小川的警察在自己的抽屉里东翻西找起来。

“你在干什么，小川君？”龟井问道。

“没什么，稍等一会儿。”

小川一边说，一边从抽屉里翻出五六本杂志来。

小川是个三十八岁的有经验的“老手”，平时沉默寡言，大家都觉得这个人很古怪。

这么重要的事，小川也一声不吭，低头找他的东西。找出来后，他仍旧默默地翻着。突然，他喊了起来：

“啊！就是他！”

“什么？”

“就是这个家伙，对铁道模型相当感兴趣。他没什么钱，家庭也不宽裕，只是自制了一辆‘N 型升降车’。”

“过去不知道这家伙呀！”

“这本杂志是写给铁道迷的，今年刚创刊。创刊号上登着这个高野正之的名字。”

“高野正之，是那家补习学校的负责人吗？”

“对。他也住在田园调布市，所以我认为没错，就是他！从前我就听说过这个名字，是这本关于铁道模型的杂志提醒了我。”

的确，小川指的那一页上有一条十分醒目的标题：

设计大奖赛

竞赛的主题是：合理设计站台和火车轨道。

在获得“金奖”的人员中，有高野正之！

四

在这些获奖的模型里，既有乡村小站的模型，又有市区内立体交叉的电气机车轨道的模型。照片下面分别标有名称，诸如“国铁浮木车站内景”、“东杉并线一瞥”。

“这个‘东杉并线’当然是虚设的铁道线了。这个‘国铁浮木站’是什么?”龟井不解地问小川。

“当然是虚构的站名了，并不是哪个车站的站名。”

“可这里不是写着‘国铁’吗?”

“嗨，那是‘各国铁道’的简称。这么说不是显得别有韵味嘛!”小川笑了。

获得金奖的高野正之的作品，标题是“M运行所一瞥”。

“这也是虚设的地点吗?”

“啊，这可不清楚。如果是虚构的话，随便起个名，比如‘M’什么的，不是更气派吗！也可以用自己的名字，比方说叫‘高野运行所’什么的。把这个叫‘M运行所’，或者把一个确实存在的运行所当作自己设计的模型，也是可以的嘛!”

“那么，这个‘M’就是‘向日街运行所’了?”龟井死死地盯着照片问道。

第十章　狂人

由于照片太小，所以他只是将车站的一小部分做成了模型。

即便如此，龟井也能从照片上辨认出几条铁轨，上面有几趟临时专列和电气机车。

“要是十津川警部在这儿就好了，他能辨别出这到底是不是‘向日街运行所’，因为他去过呀！”龟井十分遗憾地说道。

“我给这个杂志社打个电话确认一下！”

小川说着，拿起电话听筒，按照刊登在杂志上的电话号码拨通了电话。

他请对方找一下总编，说自己是搜查一科的警察。

“我是总编。我们没有刊登有色情内容的文章呀！”

“色情文章归保安一科管。我说的是你们的铁道模型杂志。今年的新年号上刊登的获得设计大奖赛金奖的作品是一个叫高野正之的人设计的吧?”

“啊，是那幅作品呀！我记得很清楚。作品很不错呀！有问题吗?”

“作为背景的那幅照片，是不是国铁的‘向日街运行所’呀?”

“我也是这么想的。”总编开玩笑似的说道。

“他本人是怎么介绍的? 当然，你一定见过获奖者本人！”

“见过。那时我也认为背景是‘向日街运行所’，但他本人说不是。”

“不是?”

“对。确实有人去‘向日街运行所’取材进行设计！他说他做的与向日街的某一部分十分相似！”

“这是什么时候的事情?”

“嗯……截止日期是去年的 9 月份，公布的时间是 11 月

27 日。高野先生来接受奖品的时间是 12 月 5 日。”

“作品让他拿回去了?”

“是的。”

“当时高野先生什么都没说吗?”

“他干什么了吗?”

“不，是别的事儿。怎么样，当时你们打算怎么办?”

“啊，是这样的：这个模型只是一部分，我们想看看是否有人能创作出整体的来。明年是本刊创刊一周年，我们打算举办一次头等奖为一百万日元的设计大奖赛，想正式招聘工作人员。”

“结果呢?”

“他只是笑，显得十分高兴。很明显，他已经制作了运行所的整体模型或是正在继续完成吧!”

五

“当时高野先生是一个人来的吗? 我想，那个模型一定很大吧!”

“和他一起来的是一个三十岁左右的男人，是乘车来、乘车回去的。”

“那个男的叫白石刚吧?”

“我不知道那个人的名字。”

“还有什么?”

“我觉得那个人好像对铁道模型很内行。”

“就是那个模型呀! 他们是取材于‘向日街运行所’吗?”

“是的。”

“你们的记者看了这个模型之后，是不是感觉和运行所一模一样呢?”

“请稍等一下!”

总编叫来了一位记者，小声问了几句。那个人在电话里答道：

“我到那里进行过采访，那个模型与‘向日街运行所’加油的地方一模一样。就算对国铁不太熟悉的人也能看出来。”

“请您举个例子。”

“比方说，左侧排列着备用车厢。那些车厢的确和‘向日街运行所’的车厢一样。”

“果然如此！这么说，那个叫高野的人一定去过‘向日街运行所’，通过实际观察制作的这个模型。”

“不过，那里不可以随便参观，我是去采访才看到的。”

“您拍的照片登在杂志上了吗?”

“是的，题为《向日街运行所一日》。”

“他会不会是看了您的照片才制作的模型呢?”

“不会的。”

“为什么?”

“在杂志上照片是在 2 月，刊登大奖赛内容的杂志是去年 12 月 27 日发行的，收到模型的时间是 9 月末。”

“原来如此，我明白了。太谢谢您了!”小川放下了电话。

他向龟井转达了刚才对方介绍的情况。听完之后，龟井说道：

“这个高野正之有可能是罪犯之一，他制作模型是为了劫持‘神秘号’列车吧!”

“可‘神秘号’列车公布计划的时间是 5 月末呀!”

“也许高野一开始打算袭击别的国铁列车，所以才制作了‘向日街运行所’的模型。为此，他参加了大奖赛。随后公布了‘神秘号’列车的运行计划，他便运用这个模型来研究如何对付‘神秘号’。”

“可是亀井先生，”站在一旁的樱井插了一句，“不是国铁内部的人，是不可能制作出如此逼真的模型的。即便是国铁内部的人，在计划阶段也不可能知道‘神秘号’的事！”

“是的，我认为在招募乘客的时候是不可能知道‘神秘号’列车的计划的。他如果知道了的话，就不应该再去参加这个大奖赛了。所以，他应该是在参加了这个比赛之后才知道有‘神秘号’列车的事情的。”

“我再打个电话吧！”

小川又拿起了电话听筒，拨通了杂志社的号码。

“还是刚才那件事，”小川对总编说，“在公布‘神秘号’的计划之前，这个叫高野的人说没说过要求撤回自己的模型?”

“您怎么知道得这么详细?”总编吓了一跳，问道。

“真去过吗? 在什么时间?”

“我记得好像是11月20日前后，高野先生打来了电话，说因为有急用，要收回那个参赛的模型。由于我们很快就要公布名次了，而那个模型极有可能获得金奖，所以我们对他解释说，11月27日就要公布结果了，12月5日我们立刻退还，请他等一段时间。”

“高野先生说什么了没有?”

“一开始他反复要求尽快退还给他，但我们反复强调，12月5日一定退还，希望他能谅解。”

要是11月20日，那么事情就十分重要了。

“神秘号”列车的事情是6月1日登在报纸上的。问题是在国铁内部什么时候制订的这项计划。

于是，龟井给大阪铁路局打了个电话，想问一下制订这个计划的营业部长日下。

“怎么，还没有发现人质和罪犯吗?”日下十分焦急，唐突地问龟井。

“很遗憾，还没有!”

“如果还不能快点儿把人质解救出来，我可就没办法了!”

“所以才要求您给予大力协助呢！我想问一下，您是什么时候制订这次‘神秘号’列车的计划的?”

“请稍等一下。”

日下哗哗地翻动着记录。

“草案是 11 月 1 日（星期六）制订的，正式得到上司的批准是在 11 月 15 日。”

“当时决定使用的车厢和目的地了吗?”

“那当然。如果这些细节都不明确的话，上司是不会同意的。”

“谢谢您了。”

“这对解决问题有帮助吗?”

“当然有帮助!”

六

果然，龟井得到了意料之中的答案。

11 月 15 日，有关“神秘号”列车的计划在大阪铁路局得到了正式批准。在国铁内部对其各个细节进行了具体研究，安排在 6 月 1 日正式在报纸上公布，并招募乘客。

因此，国铁内部的人在 11 月 20 日便可以得知这个计划的详情。尤其是大阪铁路局内部的职员，得知的可能性更大。

"只要有一个人知道了内情，问题就解决了。"龟井放下电话，对樱井说道。

"不过，这个人也有可能不是国铁内部的职员!"小川在一旁说道。

"会不会是退了休的职员呢?"龟井问道。

"哎，对！我也觉得退休职员的可能性大一些。我认为这些罪犯必须熟悉铁路上的情况。他们把'神秘号'上的四百名乘客弄下来，关在了某个地方。还有，他们利用'仙鹤十三号'把十亿日元的赎金弄到了手，并杀害了大阪铁路局的一名乘务员和'快乐之年'的会员石山。因此，我们还没见过罪犯的面，就被他牵着鼻子绕了一个大弯儿。如果罪犯是一两个人，那么就有可能是国铁的在职人员，而且是在休假的人员。这样的话，我觉得退休人员的可能性大一些。"

"是国铁的退休职员?"

"国铁有句口号叫'国铁一家'。任何一名国铁的人员，包括退休的人员，都可以自由出入国铁机关，是可以捕捉到情报的。"

"那么就可以这样设想：高野正之是罪犯之一。其他罪犯是国铁最近退休的人员，和高野挺熟，懂一些关于铁路模型的知识。"龟井说完，征求意见似的看了看周围的刑警们。

小川立刻表示赞成。

"罪犯在新垂井站将四百名乘客弄下车之后，便将火车开到'向日街运行所'去了。假定在火车到达向日街之前，开车的人是罪犯之一，那么说他是国铁的退休人员就站不住脚了。只能说这个人以前开过这种火车。即使他们威胁'神秘号'的司机，让他把火车开到'向日街运行所'，恐怕那儿的人也分不清哪个是真正的司机。"

“不过，即使在那种情况下，也没有什么不好解释的。他可以自由地登上这趟列车，我们就可以认定他以前是国铁的人！我们应该立刻与国铁总部联系一下，请他们帮忙查一下最近退休和离职人员的花名册。只怕对方不配合！”

龟井说着，拿起了电话听筒。

总裁的秘书北野还在返回东京的列车上，一个叫后藤的人替他接了电话。

“请您迅速查一下最近一年里离职的人员情况。请特别注意查一下大阪铁路局的离职人员中，有没有可疑分子。”龟井对后藤说道。

“明白了。最近一年里离职的人不多，我估计一个小时之内就可以查出来。”

“还有，‘神秘号’列车是用明信片的形式招募乘客的吗?”

“是的。超过了计划定员的二十倍，所以从中筛选了四百人。”

“这四百人的明信片在什么地方?”

“计划是大阪铁路局制订的，人员的筛选也是他们办的，所以明信片全部保存在他们那里。”

“明信片上写有乘客的住址和电话号码吗?”

“是的，我们要求对方将住址、电话甚至年龄和职业都写在上面了。”

这样一来，调查起来就要花费一些时间了。要是让他们把这四百张明信片寄过来，时间就更紧张了。于是，龟井再次与大阪铁路局的营业部长日下进行了联系，求他帮忙。

第十一章 新的难题

一

在名古屋，十津川在同时间赛跑。

虽然他知道爱知县的警察们正在全力以赴地协助工作，但他仍然十分不安。

时间毫不留情地一分一秒地过去了。

"这些大轿车的去向还没有弄清楚吗?"十津川一边看着手表，一边问藤代。

藤代今年三十五岁，是被指定专门配合十津川工作的。

"实在抱歉，还有三辆下落不明，现在正在调查。"

"那么，那九辆汽车都知道下落了?"

"是的。"

"请告诉我!"

"一辆在田岛饭店，专门用于迎送客人，这个您已经知道了。"

"嗯，这我知道了。"

"还有四辆被市内的两家旅游公司买去了，每家买了两辆。经过调查，这两家公司不具备接收四百人的设施和条件。"

第十一章　新的难题

“剩下的四辆呢?”

“剩下的四辆被 N 贸易公司买去了，改成供热带地区使用的专用车之后，被卖到了东南亚。”

“这么说，这九辆车与本次事件毫无关系了。”

“可以这么认为吧！‘白石观光公司’确实与本案有关吗?”藤代好奇地反问了一句。

老实说，十津川也不取断定，但从刚才龟井打来电话的内容来看，那个叫高野正之的补习学校的负责人犯罪的可能性很大。由于补习学校经营失败，他已经不再是该学校的负责人了。如果这个高野正之是罪犯的话，那么与其关系十分密切的“白石观光公司”的经理去向不明，就不能说是偶然的事情了。不一会儿就到了 8 点 30 分，离那个要命的最后期限只剩一个小时了。

社会舆论还不至于立刻卷进来，因为国铁最近才搞出了许多这样的临时列车，舆论界尚未注意到这些！

不好对付的是这四百名乘客的亲属，这让十津川感到十分不安。火车延期整整一天，如果仍未能与自己的家人联系上，那么亲属们肯定会怀疑的。“神秘号”列车是在暑假期间运行的，应招的乘客中孩子占了绝大多数，恐怕他们的双亲已经到东京站迎候孩子了吧！如果 9 点 30 分火车还未到达，他们一定会向国铁询问此事的。上次是说到山口县进行实地参观而推迟一天，乘客的亲属们给予了谅解，那么这次如果再用类似的解释，恐怕是无济于事了。

如果国铁方面没有有效的办法来挽救局面，那么东京站将发生一场骚乱，加之舆论界会介入此事，会弄得不可收拾，那么人质就处于危险之中了。

现在是 8 点 40 分！

电话铃响了，藤代拿起了电话听筒。

“在，十津川警部在这里。”

电话是等候在国铁总部的本多科长打来的。

“你知道现在几点了吗?”本多问十津川。他不像是在开玩笑，现在哪有开玩笑的时间和兴致呀!

“还有五十分钟。”

“10 点之前，火车和人质如果还到不了，那么再说火车晚点之类的话，就会被看成是撒谎了！所以，充其量只有一个小时二十分钟了！好多乘客的亲属从东京站打来了询问电话，问的都是一句话：‘不是说今天 9 点 30 分到吗?’”

“拖延了二十四小时，亲属哪能不担心呢!”

“怎么办? 再有五十分钟，不，在一个小时二十分钟之内，那四百名人质是否可以找到?”

“我坚持认为那四百人被囚禁在新垂井站附近。‘神秘号’列车到达那里的时间是 8 月 9 日早晨 6 点左右，而罪犯是在 6 点 50 分之前把四百名乘客运到某个地方的，所以我说是在车站附近，这是再清楚不过的了。”

“但是，车站周围根本没有可以容纳四百人的饭店或旅馆呀!”

“是没有。”

“那又怎么解释呢?”

“说实在的，我也弄不明白。但我觉得只要知道‘白石观光公司’被卖掉的那几辆车的下落，就清楚了。龟井那儿有消息吗?”

二

“他们将高野正之列为重大嫌疑犯，正在调查与其有关系的人呢。东京方面还不知道人质的事情！这四百名人质的事情就拜托你了！”

“明白了。总会有办法的！”十津川说着，放下了电话。不过，照现在的情形，“万般无奈”才是他想说的话！

时间在毫不留情地流逝着。

已经8点52分了，还有三辆车下落不明。

“失去了重要的线索，所以那三辆车实在不好找！”藤代十分过意不去地说道。

十津川无可奈何，就这么等着是不行的，于是他给“向日街运行所”打了个电话。

所长岛崎回到了向日街。

“现在正在了解那天早上‘神秘号’进入本基地时的情况。”岛崎对十津川说。

“它是伪装成‘明星六号’进入基地的吗?”

“是呀！基地内不是由同一个人对依次进入的列车进行检修，而是在三个不同的站台上由不同的人进行检修，因此即使进来了两趟‘明星六号’列车也不会被人们察觉。另外，在早上7点这个时间，不仅仅是‘明星六号’进入了基地，6点钟左右，‘明星二号’、‘明星四号’也驶入了基地。然后，‘彗星二号’也返回了基地。因为每隔十分钟、二十分钟就有火车依次进入，所以职员们没有发现，也不能怪他们。”

“开车的司机们都怎么样?”

“在我们这个运行所内，是内燃机车进行牵引。它们将火车牵引进来之后，便分别驶向各个检查区了。因此，谁将‘神秘号’列车牵引进来，并不代表谁与这个案件有关系。他们只注意检修列车，恐怕没有哪个人会留意这些情况。真的，7点左右，那可正是基地里忙得脚丫子朝天的时候呀！”岛崎反复强调着。

确实如此，谁都不知道有着十二节车厢的列车与四百名乘客被劫持的事情。

他看了火车时刻表之后才弄明白，正如岛崎所说，早晨7点左右，下列夜行列车依次驶入了“向日街运行所”：

明星二号	6点09分
明星四号	6点22分
彗星二号	7点18分
黎明四号	7点45分
明星六号	7点55分

在上述列车中，有三趟列车有着十二节车厢。它们先后到达了“向日街运行所”。

如果由三个小组进行作业，每个小组五个人的话，还真像岛崎说的那样，在这段时间里，检修工作十分繁忙。

罪犯们正是利用了这个忙的时间段。

十津川放下了电话，他知道要从“向日街运行所”里获得线索是不可能的。

“三辆汽车中有一辆被找到了！”藤代报告这一消息时，已经9点多了。

“卖到了什么地方？”

“卖给了有五十名儿童的‘阿芭幼儿园’，用来接送儿童。通过调查证实，因为现在是暑假，所以这辆车没有被使用，闲置在这家幼儿园中！”

“另外两辆还没有打听到下落吗？”

“很遗憾，还没有打听到！”

第十一章　新的难题

“已经9点10分了！”十津川不由得叹了一口气。接着，他问藤代：

“能不能借给我一辆车？”

“做什么用？”

“我在这儿待着有些心烦意乱，想到新垂井站走走。”

“我马上就去准备。”

不一会儿，藤代开来了一辆警用巡逻车。开车的是一个叫大久保的年轻警察。十津川坐在了司机旁边。车子向新垂井站驶去。

车内安装着空调装置，但车外强烈的阳光透过车窗射了进来，使人感到脸上一阵阵发热。

“去新垂井站，您觉得会有所发现吗？”大久保一边开车，一边问十津川。

“发现不了什么才怪呢！罪犯们是在那里把四百名人质弄下车的，又在极短的时间内安置好了人质，这一点绝对没错。”十津川像是在解释，又像是在自言自语地说道。

“四百人吗？”

“嗯，四百人。”

“真够多的呀！”

“所以小一点儿的旅馆是住不下的。”

“可就连小一点儿的旅馆，新垂井站附近也没有呀！”

到达新垂井站的时间是9点40分。

“还是超过了原定的时间！”大久保看着手表说道。十津川默默不语，只是点了点头。

“怎么办？”大久保问道。

“先别说其他的，在这一带走走看吧。”

“嗯，行。”

十津川点了点头。大久保苦笑着摇了摇头，再一次发动了汽车。

车站四周都是低低的群山和大片的农田，只有星星点点的几户住家。

"混蛋!"突然，十津川在副驾驶座上喊了起来。

大久保被吓了一跳，立刻踩了刹车。

"您怎么啦?"

"怎么就没有发现那儿！那儿不就有能容纳四百人的房屋吗?"

"在哪儿?"

"你看！在那片农田里，不是有一个建筑物吗?"

"噢！警部，那是小学校呀!"

"是的，是小学校，是一座三层楼的挺漂亮的小学校，还有体育馆。那里完全可以容纳这四百人!"

"可是，学生和老师呢?"

"现在不是暑假嘛!"

"啊！我差点儿忘了!"大久保激动得喊了起来。

"而且，又不是冬天，让这些人睡在地上也不用担心会生病。"

听十津川这么一说，大久保眼前一亮，说道：

"学校当然存有粮食啦！即便事先准备下四百人吃两三天的食物，也不是件困难的事。不过，他们要是一次买进大量的面包、盒饭什么的，是会引起怀疑的!"

"是啊！咱们去那儿看看吧!"

在日本，无论哪个城镇的人都非常重视教育，就连这所建在农田中的普通小学校与周围的住户比起来，都是数一数二的，非常漂亮。

他们把汽车停在学校附近，下了车，走进了学校的铁栅栏门。

校内寂静无声。十津川一边向校舍走去，一边情不自禁地把手伸到衣袋里，握住了手枪。

他们好不容易才走到校舍跟前。突然，从里边传来一声吼叫："是谁?!"

十津川迅速地掏出手枪，指向发出声音的地方，反问了一句：

"你是什么人?"

这时，从校舍里走出一个年纪在三十岁左右、穿着一身运动服、面色苍白的人。

"我是这儿的教师。你们是什么人?"

"我们是警察。"十津川说着，让他看了一下警察证。

"警察? 有什么事情?"

"我们想看一下你们的校舍。"十津川头脑里紧绷的那根弦没有松懈，因为他不知道这个人到底是不是教师。

他让这个男的在前边领路，查看了这三层楼的每一个房间，然后看了看学校的体育馆。可是，在学校里根本找不到第二个人。

"一个人都没有呀!"

"现在是暑假期间!"那个男的涨红了脸，说道。

"这附近有没有其他学校?"

三

"还有一所中学和一所补习学校。"这个男的说道。

"补习学校? 在什么地方?"十津川有点儿不相信自己的

耳朵。当前，考大学在日本像打仗一样，补习学校也如雨后春笋，应运而生。可在他的印象里，似乎这个地方并没有补习学校。

这个男的不禁笑了笑，说道：

“负责人是一个特别古怪的人，说是找一个这么安静的地方便于集中精力学习。当然，全体学生都是寄宿的。据说这所学校在东京很有名气，为了扩大招生而选中了这里，可现在倒闭了。”

“这个学校叫什么名字?”

“让我想一想。”

这个男人沉思时，待在车里的大久保气喘吁吁地跑来说：

“县警察局的人给您打来电话了。”

十津川向那个男人道了谢，快步跑回车里。

原来是藤代打来的电话。

“还是汽车的事。最后两辆车找到了！”听筒里传来藤代激动的声音。

“在什么地方?”

“在东京的一所补习学校，就是那个高野正之办的补习学校！”

“什么，高野正之?”十津川情不自禁地惊叫了起来，“两辆车都被卖到了东京吗?”

“不，是被卖到了大垣附近。他在那里也开了一所补习学校，准确地点还不清楚。”

“不，已经清楚了！”

“清楚了？真的吗?”

藤代十分吃惊。

“你派五六个人到我这里来一下！有可能找到那四百名

人质！”

“真的吗？”

“真的！”

“我马上就找人！我也去。可是，去哪儿呀？”

“来新垂井站吧！”

“好吧，我们三十分钟之后就到。”藤代说完，放下了电话。

十津川和大久保驱车赶到新垂井站，等候藤代他们的到来。

藤代他们赶到的时候，已经是上午10点30分了！

这时在东京站内，人质的家属们大概正给车站的工作人员施加压力。

十津川他们顺着刚才那位小学教师指的方向奔去。

从新垂井站出发，开车走五六分钟便可以看到一所圆形屋顶的学校。它在农田当中，让人感到很意外。在它的周围连游戏场所都没有，也许这更便于集中精力学习吧。

在这个建筑物的前方，并排停着两辆大轿车，车身上有“高野研究会”的字样。

“是这里吗？”藤代屏住呼吸，紧张地盯着烈日下的建筑物。

“我一开始就认为他们把四百名人质运到了这一带。如果确实如此，那么我们可就如愿以偿了！”

“但愿如此！”藤代不由得高兴起来。

于是，十津川和其他警察一起悄悄地向这个建筑物靠近。如果这里还囚禁着人质，那么就应该有人放哨。放哨的人如果发现了十津川他们，肯定会开枪射击的。于是，十津川命令警察们取出武器，打开保险。

九个人一起潜入了大楼。

这是一个六层楼的建筑，五层、六层是学生宿舍。如果人质在这里面，就应该被关在五层或六层。

不能乘电梯，因为罪犯们肯定有所防范。

“咱们从楼梯上去吧！”十津川对这几个人说道。

于是，这几名警察小心翼翼地向楼上走去。

到了五层，走廊里空无一人。十津川不由得向走廊里的房间看了一眼。这一看不要紧，十津川“啊”的一声惊叫了起来。

四

所有房间的门把手上都被捆上了炸药包，点火装置却不知在何处。因此，如果贸然开门的话，将会瞬间引起连锁大爆炸！

如果里面没有人，他们是绝对不会如此麻烦地搞这一套的，所以里面肯定有人质。十津川又惊又喜。不过，罪犯也在里面吗？不会的，他们绝不会把自己也关在这么一个火药筒似的笼子里的。

“里面有人吗？”十津川大吼一声。

如果里面有罪犯，是会开枪射击的。然而，传来的不是枪声，而是许多人一齐喊叫的声音：

“快点儿救救我们吧！”

“你们是警察吗？”

“门上挂着炸弹呢，可要当心呀！”

“赶快救我们出去吧！”

这里面有男人、女人和孩子，应该都是“神秘号”列车上的人质。

“你们是‘神秘号’列车的乘客吗?”十津川大声向里面喊道。

“是!”

“是的!”

传来好多人的声音。

“我们现在就想办法拆下炸药。希望你们安静地等待，不要乱动!”

十津川对藤代说道：

“赶快叫工兵班来!”

可是，工兵班赶到这儿要四十分钟！在这段时间里，有两件事必须办。

其一，让这些人质放下心来。他们知道警察来了，如果簇拥着要打开房门出来，就会引起连锁爆炸，后果不堪设想。

其二，将发现人质的情况迅速报告国铁总部。只有这样，才能有效地稳定住东京站内的局面。

于是，十津川决定，让县里来的警察去办第二件事，而他自己则要亲自隔着房门和被关在房间里的乘客讲话，这样可以使里面的人安定下来，并且可以掌握罪犯的踪迹。于是，他向屋内喊道：

“再过三十分钟，工兵就可以到达，并且可以将安装在门上的爆炸物取下来。你们中间有谁可以作为代表回答我的问话?”

只听见里面吵吵嚷嚷了一会儿，传来一个男人的声音：

“我来说！我叫津山研一，在杂志社工作。”

十津川不禁心中一喜：

“我知道你。你扔在火车车厢里的名片可起了很大的作用呀！”

“是吗？那可太好了！”

“我问你，‘神秘号’列车的乘客全都在这里吗？”

“昨天我们被分别关在五层和六层的房间里，但今天早上却一下子把我们集中在五层了。因为太拥挤，我们都没法儿睡觉了！大概是罪犯今天发现了警察吧，说让我们再忍耐一会儿。不知他们逃到哪里去了。他们威胁我们说，房门上全部装上了炸药，如果要开门逃跑的话，就会发生大爆炸。窗户上好像没有安炸药，但因为在五层，我们不可能从窗户出去。正在为难的时候，你们就赶到了。”

“罪犯有几个人？”

“我看见了五个，但我觉得好像还有。”

“你知道他们去哪儿了吗？”

“不知道。”

“最后看到他们是在今天的什么时间？”

“好像是早上 8 点左右。”

“你们中间有没有受伤的？如果需要救护车的话，我去叫。”

“受伤的和生病的都没有，不要紧的。”

“那么，你知不知道罪犯中有一个叫高野正之的人？”

“罪犯互相之间根本不称呼姓名。他们当中有个男的被称为‘理事长’，大概是这个补习学校的负责人。”

“他就是高野正之吧。”

十津川一边和津山研一聊着，一边思索着如何帮助这些人出来。罪犯为什么如此轻易地释放了这些人质，又悄悄地逃走了呢？

也许这四百名人质对他们来说无足轻重了吧。但是，在一般的劫持事件中，人质是有效的筹码。如果是因为警察的疏忽而没有对罪犯采取措施，那么人质就肯定在罪犯手里。他们真的会轻易放弃这个“盾牌”吗?

五

专门排除爆炸物的工兵班赶到了。同时，前来接乘客的大轿车也赶到了。十津川和藤代一起来到四层，查看了学校的负责人办公室。

这个房间很大。十津川注意观察了一下里面铺设的铁道模型和满满一屋子各式各样的火车模型。

和龟井在电话中说的一样!

桌子上放着一部电话。罪犯肯定是使用这部电话来威胁西本功的。

十津川再次认真观察了一下铺在地上的铁道模型。很显然，这和“向日街运行所”在外观上没什么两样。也就是说，这个模型完全是按照十津川看到的“向日街运行所”的样子制作的。

这伙罪犯大概就是根据这个模型来制订这次劫持计划的。

藤代进了房间，按了一下模型上的开关，一列漂亮的火车便徐徐开动了。这大概就是“明星号”吧。

“做得真不赖呀!”

正当藤代十分得意的时候，大久保和津山研一惊慌失措地一齐闯了进来。

“大事不好了!”大久保看着藤代和十津川，说道。

十津川注意到了大久保话中的含义，目光炯炯地盯着大久保。这些人质被安全地释放，这本身就不可思议，难道其中真有什么蹊跷吗?

“出什么事了?”藤代不解地问道。

炸药已经被工兵排除了。人质被救出后，可以乘大轿车前往岐阜站。国铁在新干线上增开了一列临时快车，所以这些乘客就要返回东京了。这难道还有什么问题吗?

“是人质的人数不够!”

“什么，人质少了?!”十津川情不自禁地大声喊了起来。

“在乘客上车时，我们清点了一下人数——只有三百七十九人！还差三个人。”津山研一在一旁补充道，“我一开始就觉得少了三个人，但因为有四百人，所以少个把人也看不清楚。可是，大家都这么认为!”

“这么说，真的少了三个人!”十津川表示怀疑地追问了一句。

“确实只有三百九十七人!”

“真的少了三个人?”十津川一边嘟哝着，一边问津山：

“你知道这三个人的名字吗?”

“因为刚刚发觉少了三个人，所以现在还不清楚。好在这次招募乘客的明信片还在，查一下不就清楚了吗?”

“嗯，对。”十津川点了点头。

罪犯为什么要把这三个人弄走，这是需要注意的。

罪犯肯定是要把这三个人当成人质，以便逃跑。

只救出了三百九十七人，失踪了三个人，这依旧与整个劫持计划有关。

于是，十津川吩咐大久保：

“请迅速将这三百九十七人的名单与全体乘客的名单核对一下!”

第十二章
三名人质

一

木本总裁得到了发现人质的消息之后，暂时安下心来。来东京站迎接“神秘号”列车的亲属们在三十分钟之前发生了骚乱。

北野回到国铁总部，立即与新干线铁路总局进行了联系，决定由他们临时发出一列专车，将这批人质送到东京站。

“这下乘客的亲属们可以安心了！”木本笑着对北野说道。

一直待在这里的本多科长神气活现地说道：

“下一步就请交给我们警方办理吧。确认人质平安无事之后，我们将毫不留情地将这伙歹徒逮捕归案，那笔赎金也要弄回来！”

正当他们兴高采烈地庆贺胜利时，传来消息说，少了三名人质。

木本的脸色突然变得十分难看。

北野情不自禁地咂了一下舌，说道：

“歹徒到底是歹徒呀！”

“本多先生，这伙罪犯是不是打算改变计划?”

“改变计划?”

"对！他们好像不仅仅是劫持了其中的三个人。"

"可以这样分析。"

"他们顺利地弄到了一大笔赎金，会不会觉得这样干的好处太多了，于是从中选择了三名家境富有的人，想再勒索一笔巨额赎金呢？恐怕有这种可能性！"

的确有这种可能性。他们一开就从国铁轻而易举地骗到了十多亿日元的赎金，这么便宜的事，他们不会就此罢手的，会萌生再干一次的念头。

"看来，有必要迅速将这三个人的情况调查清楚！如果像你说的那样，这三个人的家庭十分富裕，那么罪犯很有可能提出新的赎金要求。但如果这三个人的家境很平常，就另当别论了。"

"是不是要利用他们逃跑？"

"是的，也许他们事先制订了利用这三个人逃跑的计划。"

"招募乘客的明信片全都在大阪铁路局，所以只能去那里了解情况。"

二

在大阪铁路局，营业部部长日下正指挥部下将这些明信片上的姓名按字母顺序依次排列。

三百九十七名人质获救的消息传到了大阪铁路局，他们的任务就是尽快从这四百张明信片中找出被劫持的那三个人的姓名。

"罪犯真是屡屡找麻烦呀！"日下不住地咂舌。

"这帮家伙收到了赎金，还不赶快把人质放了！如果全都放了的话，他们这会儿就能喝上两杯庆贺胜利了。这倒好……

不过，话又说回来了，难道失踪的这三个人被他们杀害了吗?”这种念头在日下的头脑里一闪而过。如果这三个人采取反抗的态度，那么罪犯是有可能杀掉他们的。如果真的发现了这三个人的尸体，那么作为制订这次“神秘号”计划的营业部部长日下可就成了众矢之的了。

正当日下胡思乱想的时候，电话铃声响了起来。日下迅速拿起了听筒。

电话是从新干线上打来的。

“我是搜查一科的十津川。”

“您在那趟临时列车上吗?”

“是的。现在已经过了名古屋。我想打听一下被救了的三百九十七人的名字。我在车上问了一百人的姓名，现在告诉你，以便查对，怎么样?”

“请吧。等我接好了录音机，你就讲吧。”

于是，日下将录音机接到电话上，并按下了开关。十津川将他知道的一百个人的姓名逐一念了出来。

打完电话，日下和三名助手一起将磁带倒回来，把听到的人名记在了本上。然后，他们按字母的顺序将写有这些人名字的明信片挑了出来。

过了二三十分钟，十津川又打来了电话，念了另外一百人的姓名。明信片明显地减少了。

最后，十津川念了剩下的九十七人的姓名，明信片所剩无几了。这时，十津川和这三百九十七人乘坐的临时列车“光号”已经到了静冈附近。

此时，在日下的办公桌上，明信片已经被挑得差不多了，只剩下了三张。终于发现了这三张宝贵的明信片！日下赶快看了一下这三张明信片上的住址。

世田谷区成城
星野英司（十二岁） 小学生

武藏野市吉祥寺306号
林杏子（二十一岁） 学生

港区南青山 青山住宅区509号
中尾明子（二十四岁） 女办事员

明信片上还写有电话号码。为什么罪犯要选择这三个人，在明信片上找不到答案。

日下必须尽快地将这三个人的姓名报告给国铁总部和东京警视厅。

三

"我们了解一下这三个人的情况。"本多对木本说道。

木本点了点头，说道：

"问题是，怎么对付社会舆论。如果人质全部救了出来，那么我可以出面对记者披露这件事的前因后果，可现在还有三名人质没有回来，可就不那么好说了。如果公开此事的话，那三个人恐怕会有生命危险！"木本说着，像征求意见似的看了看本多，又看了看北野。

"东京站发生了骚乱之后，关于'神秘号'列车一事，报纸都公开报道了。"北野所答非所问地说了一句。

"我仍然认为那三个人是被劫持的！"

"不是每个乘客都被劫持了吗？"

第十二章　三名人质

"这我可说不准。这三百九十七人回到东京站，在新闻记者的追问下，会把情况全部说出来的。如果这些当过人质的人没有经验，把该说的和不该说的全都说出来的话，后果不堪设想。"

"我觉得最好请十津川对车上的乘客讲一下，到达东京站之后，不要将不该说的事都说出来。"

本多说完，想了想，接着说道：

"讨厌的是，乘客中有不少孩子，不让他们说出来，恐怕是做不到的。"

"到底怎么办才好呢？"

"临时列车什么时候到达东京？"

"还有一个小时。"北野看了一下手表，说道。

"依我看，我们最好一起见一下记者，因为这三个人正处在生命攸关的时刻。"

"知道了！"木本表示赞同。于是，他吩咐道：

"北野君，你准备召开记者招待会吧！"

北野迅速地拿起了电话听筒。

本多感到自己在罪犯的摆布之下束手无策。这伙歹徒轻而易举地弄走了十亿日元的赎金。十津川努力找到了这四百名人质，但罪犯们依然按照计划从容不迫地带走了三个人，逃得无影无踪。虽然救出了三百九十七人，这应该说是个胜利，但也许对罪犯来说是个减轻负担的好机会！

三十分钟过后，在国铁总部的会议室里召开了记者招待会。

出席这次会议的有国铁总裁木本、秘书北野和警方派来的搜查一科科长本多，共三个人。

首先，北野向大家介绍了事件的经过。

本多一直盯着这些记者，十分注意他们的反应。

这些记者都十分吃惊，这是本多早就料到的。接下来，他们表现出极大的兴趣，急于打听出对自己的报道有用的材料。这也不无道理，就连一个孩子被劫持的事件都会引起较大的社会反响，更何况这么多人呢！有可能将这四百名人质和十亿日元赎金的事情冠以醒目的标题，占据头版头条，还有可能出增刊呢！

"我理解各位急于报道该事件详细情况的心情。但是，我希望诸位能忍耐一下，先不要向外界披露此事。"本多向各位记者低头行礼。

"这可是头号新闻呀！"

"嗯，够味儿！"

这些记者的窃窃私语声不时地传到本多他们的耳朵里。

"关于罪犯，有线索吗?"一名记者举起手来向本多发问。

"我们认为罪犯有七八个人。他们的头儿是一个叫高野正之的人，是一家私人补习学校的负责人。至于其他情况，目前还不清楚。"

"知道被劫持的那三个人的姓名吗?"

"现在还不知道。"本多有意撒了个谎。如果这帮人知道了姓名和住址，肯定会蜂拥而至，那可就"一失足成千古恨"了！

"你们调查一下不就知道了吗?"这些记者紧咬住这个问题不放。

"我们正在调查。"

"最好随时通知我们调查的进程，以便互相配合。"

"可以。"

"目前警察对追回这十亿日元赎金有没有信心?"有的记

者提出了这样的问题。

“我们将全力以赴！”

“罪犯是否已经逃往国外？最近发生过类似的案件，歹徒弄到赎金之后，最简单的办法就是逃往国外。”

“不！我认为他们不一定逃往国外。”

“为什么？”

“那样的话，就没有必要带上三名人质了。我们在全国各地的机场布下了天罗地网，可这个高野正之一直没有出现。”

这的确是事实。

四

龟井和樱井一起去调查这三个人的情况。

他们首先去了十二岁的星野英司的家。他们在成城学院站下了车。夏日的炎炎烈日把人晒得眼前直冒金星。

“这家人大概很了不起吧！”樱井一边和龟井并肩走着，一边说道。

“要不罪犯怎么绑架了他家的孩子哪！”

“可不！罪犯想再捞一笔赎金嘛！歹徒之所以将其劫持，就是要向他家勒索巨款。在成城这个地方，尽是些高级住宅！”

“是啊！”龟井看着这一带的建筑，点了点头。

从成城学院站走十五六分钟的路便到了星野英司的家。

“这也算大户人家？”龟井用嘲弄的眼神看着樱井。

展现在他们眼前的是新建的“统建房屋”，共有六排相同的建筑！

这幢楼房占地不足一百平方米，大概有八十平方米左右吧！在这么小的地方盖了两层楼！看装饰，也就值三千万日元。已经将十亿日元弄到手了的罪犯，难道会去敲诈这样的人家吗？

龟井他们来到挂有“星野英夫”的名牌的门前，抬手按了一下门铃。

他们在门外清楚地听到了屋内的铃声，但半天没有人来开门。

“家里好像没人呀！”龟井小声嘟哝着。

即使星野外出上班了，他的妻子也应该在家呀！

“难道罪犯以孩子为由把她叫出去了？”樱井说道。

“为什么呢？想尽快弄到巨额赎金，难道除了把人家的妻子叫出去，就没有别的办法了吗？”

“是啊！”

“你知道星野是干什么的吗？”

“不知道。要不，到周围的住户问问吧！”

樱井先来到右边的邻居门前，按了一下他家的门铃。

不一会儿，走出来一个三十二三岁的抱着婴儿的妇女。樱井向她出示了警察证之后，问道：

“您知不知道隔壁的星野英夫先生是干什么的？”

“噢，他呀！他在飞机场工作。”

“是飞行员吗？”

“不，听说是导航员。”

五

龟井立刻赶到了附近的派出所，给警视厅打了个电话。这时，本多科长开完了记者招待会，回到了警视厅。龟井对他说道：

“据他家的邻居说，星野英司的父亲是个导航员。他们家共有三口人，被带走的那个英司是独生子。请您确认一下他父亲的职业。”

“好吧！我立刻就打电话确认一下。”

“拜托了。接下来，我们去一趟林杏子的家。”

龟井放下电话，赶快拉住樱井，叫了一辆出租汽车，直奔吉祥寺。

“罪犯劫持导航员的孩子，用意何在?”樱井看着龟井，小声问道。

“我看不一定是为了赎金。那个破家，卖了也就值三千万日元。十亿日元都弄到手了，难道还需要为三千万日元冒风险吗?”

“他们大概是要用孩子的生命来胁迫父亲做导航员吧！”

“大概是这样。”

“可是，龟井先生，只抓住一个导航员是不可能逃往国外的，他们还没有飞机呀！而且，出国是要办护照和签证的呀！”

“那倒是。不过，罪犯也没必要带走他的孩子呀！弄清了这一点，就知道罪犯到底要干什么了。”

虽然仍没弄清事情的缘由，但至少有一点是清楚的：他们劫持这名十二岁的学生，不是为了钱！有可能是为了逃往国外而将这三个人劫持了。只要弄清罪犯劫持这三个人的目的，罪犯的踪迹和隐匿地点就不难找到了。

井之头公园附近的吉祥寺到了，龟井他们下了车。

这是一幢十二层的高层公寓。他们向一楼的管理室望去，只见一个四十五六岁的小个子管理员坐在这间带空调的屋子里看体育报。龟井敲了敲玻璃，晃了晃手中的警察证。

那个管理员吃了一惊，赶快打开了窗户。

龟井说：

“我想打听一下306号的林杏子小姐。”

“林杏子小姐呀，她怎么了?”

“她是学生吗?”

“嗯，听说她是S大学的学生。”

“她和家人住在一起吗?”

“不，她单独住在这儿。”

“噢，一个人？这家公寓是租的吗?”

“不，是买的，分期付款。”

“这么说，她家每月付月供的钱了?”

“嗯，是的。”

“她的父亲是干什么的?”

管理员摇了摇头，答道：

“我不知道。”

“那么，能不能打开306号房间?”

“我听您的吩咐。”

六

林杏子的房间在三层的正中间。管理员用备用钥匙打开了306号房间的门。龟井和樱井走了进去。

这是一套两居室的房间，典型的年轻女大学生的房间：屋子里放着网球拍，还有各种漂亮的画。

问一下S大学的人就知道林杏子父亲的情况了，但现在学校在放暑假。

第十二章 三名人质

“从哪里入手呢?” 樱井问道。

“先看看她的书信吧。” 龟井答道。

在来往信件的插袋和抽屉里，共找出了四五十封书信。他们一封一封地看了一遍，发现都是从家里写来的信，与案件没什么关系。

“她的家人到底是干什么的? 我看还是打个电话了解一下吧!” 龟井无可奈何地说道。

电话机旁放着一个记事本。龟井打开一看，上面记着朋友们的电话号码，却没有双亲的电话号码。大概双亲的电话号码是用暗号记的吧!

没办法，龟井只好按照写在最前头的电话号码拨电话，想试试看。因为正在放暑假，所以电话没人接。

一直打到第六个电话，才有人来接。

“是哪一位呀?” 传来一个年轻姑娘的声音。

“您认识林杏子小姐吗?”

“嗯，我们是大学同学。”

“您能不能告诉我，她父亲是干什么的?”

“你是谁?” 对方警惕起来。

“我是警察。”

“怎么，林杏子出事了?” 对方十分担心。

“没有。我们只是有事要与她父母联系，想问清她父母家的电话号码。”

“她父母家的电话号码? 这我可不知道!”

“噢，她父亲工作单位的电话号码也行。”

“你真的是警察?”

“我是搜查一科的，叫龟井。您要是不相信，可以打警视厅的电话核实一下。”

"您太客气了。不过，我知道林杏子的父亲在一家大公司里上班。"

"您知道公司的具体情况吗?"

"请稍等一下。嗯……噢，对了，她父亲是'田岛重工'的负责人。"

"也姓林吧?"

"是。我只知道这么多。"

"太感谢了!"

龟井放下了电话。

"田岛重工"可是与"三菱重工"齐名的大企业。龟井拨通了"田岛重工"人事部的电话。

"请问，您那儿有一位姓林的董事吗?"

"对不起，董事里没有姓林的。"

咦，林杏子的朋友不是说她的父亲是负责人吗? 董事还不算吗? 龟井感到十分困惑。

"那么，部长中有姓林的吗?"

"有两个。您打听哪位?"

"有两个?"龟井的脑子里充满了疑问，"我们是警视厅搜查一科的，想见一下女儿在S大学上学的林先生。"

"您是警察?"接电话的年轻姑娘停顿了一下，"这两位姓林的部长都有女儿在S大学。"

"噢?"龟井马上想到，这种可能性是有的，因为如果干到了部长，大多已经四五十岁了，有儿女在大学读书，不算什么稀奇事。

"那么，哪位的女儿叫林杏子呢?"

"请稍等一下。"对方大概是查找了一会儿，"知道了！是飞机制造部的林太一郎部长。"

“飞机制造部?”

“是的。”

“今天林部长不在公司里吗?”

“不知道。飞机制造部在三鹰，所以请您等一会儿，我问一下。”

“不了，我们自己问吧。”亀井挂上了电话，赶快与警视厅联系。

“我是亀井。”

“噢，是你呀!”是十津川的声音。

亀井一听是他，情不自禁地笑了起来：

“你已经回去啦!”

“是啊，刚到！星野英夫确实是导航员，在导航中心工作，好像今天还在上班。”

“是吗？我们把第二个人也弄清楚了：林杏子的父亲是‘田岛重工’飞机制造部的部长。因为这个部门在三鹰，所以我们想去那儿转转。”

“知道了。我这就去查中尾明子。”

“拜托了!”

“罪犯的目的到底是什么，现在大致清楚了：他们企图利用飞机逃跑!”十津川十分肯定地说道。

七

十津川不顾疲劳，马不停蹄地带着小川直奔南青山。

小川开着巡逻车，问十津川：

“罪犯打算怎么办?”

“还不知道。只知道他们要利用飞机而不是船逃往国外。

我认为这与劫持导航员和'田岛重工'的飞机制造部部长的孩子有关。具体情况还不清楚。"十津川摇了摇头。

如果他们利用飞机逃跑，那么方法只有两个：

其一，武装劫持飞机。这种方法需要使用暴力，成功率不高。而且，这伙罪犯的作案手法成熟、老练，应该不会这么鲁莽。

其二，化装成一般的乘客混出国外。迄今为止，我们还不知道他们的姓名和长相!

如果他们事先就办好了护照和签证的话，那么现在他们就应该离开了成田机场，早就到了国外。但罪犯们还没有做到这一点，这是为什么呢?

这时，小川十分担心地问道：

"我还有一个问题没弄清楚。"

十津川满脸愁容地问道：

"什么问题?"

"我觉得罪犯们计划得十分周密。"

"为什么?"

"从劫持人质到劫走赎金，都是按计划进行的。而现在到了逃跑的阶段，这当然也是在计划之中的。在这四百人当中，他们偶然发现了符合要求的三名人质，便将他们带走了。如果是这样的话，那么我认为他们会很快带着十亿日元的巨款逃往国外的。"

"嗯，我也是这样想的。"

"还有很多种可能，比如，他们想在 8 月 10 日逃往国外，但未成功。"

"为什么呢?"

"大概是因为没有找到能替他们办理护照和签证的人。"

“对，正是这样。他们当中很可能有被保释的人。”小川的眼里闪着兴奋的光芒。

“对！他们肯定是预先定好了全体逃往国外，不会只让有护照和签证的人逃跑。”

“可是这个在保释期内的人无论如何都拿不到护照和签证！”

“还有一点没有弄清楚，这伙歹徒是否预先知道‘神秘号’列车上有导航员的儿子和‘田岛重工’飞机制造部部长的女儿呢?”

“罪犯们是会通过各种途径打听到的。”

“问题就在这儿。但我们无法知道罪犯是通过什么途径知道的。正如你所说，那是一个计划周密的犯罪团伙。我认为他们只是在逃亡一事上大意了。”

十津川他们说话的时候，车子到了青山住宅小区。

第十三章 查访

一

这是一座看上去很旧的公寓，至少有二十年了。有位评论家曾警告说，现在的公寓都成了水泥盖的贫民窟了。十津川看着这破旧的建筑物，不禁产生了同感。

首先看到的是，面朝大街的阳台上晒满了衣服，让人感觉这里是典型的贫民窟。

尽管是公寓，但价格很便宜，两居室的房子平均才二百万日元。

十津川和妻子也住在这种公寓里。

他们来到管理员那里，向他打听了中尾明子的情况。

“那位小姐是一个人住在这里吗?”

“是的。”管理员十分谨慎地说道。

十津川觉得，这个人和这个建筑物一样，早该进博物馆了。他总是睡眼惺忪，毫无生气。

“我们想了解一下她家的情况。您知不知道她的父亲或兄弟姐妹是干什么的?”

“这我可实在不知道。”管理员面无表情地答道。

没有办法，十津川只好进到中尾明子的房间里，想亲自查看一番。

从外边看，这座公寓简直是破烂不堪，但中尾明子的房间却装饰得十分漂亮：四周贴着崭新的壁纸，厨房的桌子上铺着手工绣的台布。大概她挺喜欢旅游吧，书架上有许多关于旅游的书籍。也许正是因为有这个爱好，她才参加了这次“神秘号”的旅游！

在床的旁边有一部电话。电话旁边放着一本电话簿。十津川打开一看，上边没有她家的电话，却写满了各种男女朋友的地址和电话号码。这些都是家里的电话，可在这个时间段大家一般都在上班，所以打电话恐怕是徒劳的。

十津川发现最后一行写的是工作单位的电话，好像是一个区政府的电话。于是，他拨了这个电话号码，让总机转一下人事科。

“中尾明子小姐在您那里工作，您知道她的家里人是干什么的吗?”十津川向对方交代完自己的身份之后，这样问道。

不一会儿，人事科的科长在电话里告诉他说：

“中尾的父亲在一家民航公司当飞行员。”

“是飞行员?”

“是的。啊，请等一下！听说一年半之前他就退休了。他原来好像是在T机场工作。”

“他退休之后到了哪里，您知道吗?”

“这我就不知道了。”

“您能不能告诉我，中尾明子的父亲叫什么名字?”

“叫中尾隆寿，五十七岁。她母亲叫里子，五十岁。”

“她有没有兄弟姐妹?”

“她有一个姐姐，嫁给了一个美国人，改姓‘鲁斯’了。”

“您能不能告诉我她家的电话号码?”

“可以。309——XXX。住址是世田谷区乌山。”人事科科长一口气说出了她家的全部情况。

二

十津川拨通了电话，可是半天没人来接。

“你来接着听一会儿吧!”十津川说着，把电话听筒递给了小川。

至此，被罪犯劫持的三名人质的家庭情况全部弄清楚了。

十二岁的少年星野英司的父亲是某导航中心的导航员。

S大学的学生林杏子的父亲是“田岛重工”飞机制造部的部长。

第三个人，也就是中尾明子的父亲是从T机场退休的飞行员。

飞机导航员、飞机制造部的负责人、飞行员，这三者的共同点就是“飞机”！于是，十津川考虑到，罪犯有可能胁迫这三个人利用飞机逃往国外。他们会成功吗？十津川摇了摇头。

他们如果想这么干，那么首先要有一架大型的喷气式客机或是军用飞机。

如果用客机的话，日本产的只有“YS”一种型号，目前这种型号的飞机已经不再生产了。

大型的喷气式客机都是从外国进口的，在日本生产不了。

如果只胁迫一个导航员和一个飞行员的话，怎么能将飞机开往国外呢？要想飞得快的话，当然要用喷气式客机了。

不管怎么说，罪犯的意图是再清楚不过的了。十津川越发感到焦躁不安了。

当天上午11点20分，十津川他们从新垂井站附近的那所补习学校里救出了三百九十七名乘客。然而，罪犯早在这之前便与三名人质一起消失了。

也许他们正在继续实施早已制订了的逃往国外的计划。

“怎么，还没有人接?”

耳朵贴着电话听筒的小川说道：

“电话铃可是一直在响呢!”

“你到世田谷区乌山的中尾家看看吧!”

“去那儿干吗?”小川不解地问道。

“如果中尾隆寿在的话，你就直截了当地问一下，他现在干什么工作，与这伙歹徒有无关系。我得回警视厅，这会儿国铁离职人员的名单大概已经查到了。”

“如果只有他夫人在家，怎么办?”

“也这么问。”

“明白了。”

小川放下电话，立刻出去了。十津川立即返回警视厅，向本多科长汇报了情况。

听完十津川的汇报，本多在黑板上写下了“导航员、飞行员、飞机制造负责人”之后，对十津川说：

“还是无法弄清这伙歹徒要干什么。”

“但我认为很明显，他们是要利用这三个人逃往国外。”十津川据理力争。

“我也是这么想的，只是不知道是怎么个利用法!”

“去三鹰的龟井还没有消息吗?”

“还没有呢!”

“国铁离职人员的花名册搞出来了吗?”

“刚刚送来。瞧，就是这个。”

本多说着，拉开抽屉，从里面拿出一份用打字机打出来的花名册让十津川看。

"今年就五个人。加上去年的，一共十二个人。"

"真不少呀!"

"有的人参加了违法的罢工，与厂方发生了争执，被解雇了。对于这十二个人，国铁至今都在进行追踪调查。"

本多正说着，资料室的春日事务官拿着一本杂志走了进来。

"我找到科长说的那件东西了。"

"是吗?"

"看，就是这个。"春日说着，把手里的杂志递给了本多，"登在第三十六页上。"说完，他就回去了。

三

"是什么?"十津川问。

本多一边翻着杂志，一边对十津川说：

"关于那三名人质的事。罪犯制订了周密的计划。但我总觉得他们从这四百个人中偶然找出三名人质，似乎有些不合乎逻辑。"

"我也有同感。"

"因此我想，这些罪犯会不会在此之前就知道，在这四百名乘客当中有能帮助他们实施逃跑计划的人呢? 换句话说，他们是因为发现有这样的人，才临时决定以这种方式逃跑的。"

"我也是这样想的。但问题是，罪犯是怎么知道这些的呢?"

"答案就在这本杂志上。啊，在这儿!"

本多说着，翻到了第三十六页，让十津川看。

第十三章 查访

“神秘号”列车上的奇怪乘客

最近，国铁想出了许多点子，其中之一就是搞“时髦列车”。这相当引人注意。这次由大阪铁路局策划的目的地不公开的“神秘号”列车，以极大的魅力吸引了超过原定员（四百人）二十倍之多的人员。经过筛选，由大阪铁路局确定下来了四百人。在这些人当中，有很多稀奇古怪的人，举例如下：

一对夫妇，一个七十二岁，一个六十八岁，年龄加起来正好一百四十岁；

身为飞机导航员的B先生的公子；

身为“田岛重工”飞机制造部负责人的C先生的爱女；

某民间飞机场的退休飞行员D先生的爱女。

以上三个人的父亲献身于航空事业，他们本人也与铁道结下了不解之缘。

一位有名的电影演员的儿子也在这四百人之中——当红的电影明星西本功先生正在上小学的公子。

该列车将于8月8日深夜启程。

“原来如此呀！罪犯们是看了这条报道，才根据这些来制订逃亡计划的。”

“大概是这个杂志的记者去了大阪铁路局，查看了这四百人的明信片。”

“这么说，他们在此之前并没有打算利用这三名人质来逃跑。”十津川说着，看了看手表。再过一会儿就是下午4点了。

也许罪犯们已经改变了逃跑计划。直到现在，警方仍然没有弄清这次计划的细节，当然也就想不出对策了。

“他们会如何利用这三个人呢？如果你是罪犯，会怎么办？”本多问十津川。

“我一直在想这个问题。”十津川一筹莫展。

“先说导航员吧。仅利用一个导航员，究竟能不能外逃？”

“我认为这是不可能的。需要一个导航小组！仅仅胁迫其中的一个人，怎么可能完成任务呢？”

“我也有同感。下一个是飞机制造公司的负责人，罪犯怎么利用他外逃呢？”

“罪犯会不会用弄到手的那十亿日元买一架飞机呢？”十津川苦笑着说道。

这原本是十津川说的一句玩笑话，本多却十分认真地说道：

“嗯，这也许是问题的关键。”

“怎么，您真的……”

“是的！罪犯手里有了十多亿日元，完全可以买一架小型的飞机，中型的都差不多！罪犯有可能是七八个人，他们应该买一架能坐下这么多人的飞机！但他们驾驶不了这架飞机，于是就劫持了飞行员的女儿。”

“不错，有道理。”十津川高兴地点了点头，但很快就皱起了眉头，说道：

“科长，如果他们在国内逃窜，是可以这样说的。但他们是要飞往国外呀！就算是在国内，每个机场都设了埋伏，他们一着陆就会被捕的。因此，我不认为他们会制订这样一个幼稚的计划。”

“那倒也是！”本多很快就没了主意，陷入了沉思。

四

北野总算把这三百九十七人平安地送回了家，松了一口气，但马上又担心起“神秘号”列车上的乘务员来。

在这列火车上，应该有六名乘务员：

电气机车司机　中村正人
助手　针谷三郎
客车列车长　田道哲次
乘务员　北原彻
乘务员　上原久仁
营业员　冈部义夫

这六个人都是大阪铁路局的职员，其中乘务员上原久仁的尸体已在六乡被发现。

还有一个在京都用大轿车拉着乘客去梅小路蒸汽机车馆参观的男人，自称“冈部”。当然，他只是签了这个名字，实际上也许是冒名顶替。

也就是说，在“神秘号”列车上只有这么两个冒名顶替的人。那么，中村他们到底怎么样了呢？三百九十七人被救了，而中村他们却至今未归。

能够想到的理由只有两个。

首先，他们有可能是罪犯的同伙。他们认识这伙歹徒的头目高野正之或是“白石观光公司”的白石刚，并共同参与了这次劫持。

机车乘务组共有六个人，再加上这两个人，一共八个人。这与预计的罪犯的数目相吻合。在这伙人当中，上原因为不同意这样干而被同伙杀害了。

但是，北野不愿意这么想，他可不希望国铁的职员中有如此众多的人参与劫持。

现在，罪犯们放弃了"神秘号"列车，改用飞机来实施下一步计划了。这样一来，中村就没有利用价值了。

其次，中村他们有可能已经认识了这伙罪犯，所以在事成之前当然是回不来了。如果罪犯把他们放回来，那么警察很快就会知道罪犯的情况。因此，他们即使放了三百九十七名人质，也不可能放了中村他们。他们将如何处置中村他们呢？这是北野十分关心的事情。

关于那三名人质，木本总裁对他说了许多"担心国铁职员的安危"和"实在对不起"的话，但在记者招待会上，有关中村他们的事情却只字未提。

尽管这是内部的事情，但仍然很让人担心。

罪犯们制订了这次逃跑计划。不！他们肯定已经在实施这个计划了。那么，他们打算在哪个阶段释放那三名人质和中村他们呢？

北野一想到罪犯可能会杀掉这几个人，就坐立不安——不是没有这种可能性的。乘务员上原不是已经被杀掉了吗？对于上原被杀的原因，北野进行了各种各样的推测。最有说服力的推理就是：罪犯当中有国铁的离职人员，认识上原。他们反复劝上原与他们共同实施计划，却屡遭拒绝，便杀了上原灭口。

而罪犯们还是成功地弄到了十亿日元巨款。为了永远地保守这个秘密，他们也许会再动杀机。

五

罪犯们下一步会怎么做，现在还不清楚。北野认为，他们肯定不会放中村他们回来了，罪犯当中肯定有国铁的离职人员。

很遗憾，这种想象很可能会变成事实！从劫持“神秘号”到从“仙鹤十三号”上轻而易举地取走十亿日元，说明罪犯当中肯定有十分熟悉国铁内部情况的人！

从去年到今年，国铁的离职人员共有十二名。这里面既有因酗酒导致发生事故而被开除公职的乘务员，又有因涉嫌侮辱妇女而被警察逮捕的年轻助理司机。

目前，国铁被各种各样的麻烦困扰着：赤字问题、公害问题，还有服务态度恶劣问题，等等。

不仅如此，一旦发生与国铁职员有关的事情，报纸和杂志上就会连篇累牍地大肆渲染。本来赤字问题就够让人头疼的了，再发生不幸事故，该如何是好?

木本总裁愁眉不展，北野也被穷追不舍的记者弄昏了头。

所以，北野一看到这十二个人的名字，便回忆起了以前发生的事情。

这类事件是颇让新闻界感兴趣的。

无论是警察、国铁的人，还是银行方面的人，都不愿意在发生不幸事件之后被世人关注。正因为被世人关注，才使得问题复杂化了。

于是，北野分别给他们家里打了电话。他认为，现在罪犯正忙于逃跑，这个时候还待在家里的人，首先应该被排除。

有的人是亲自来接电话的；有的人不在家，但是在工作单位。北野用笔将这样的人的名字从纸上画掉了。当然，还有因伤住院和正在服刑的，以及在发生事故后痛感无脸再见江东父老而自杀的！

于是，十二个人中只剩下了四个怀疑对象：

棍间泰一　三十五岁　原火车司机
新井干夫　二十七岁　原乘务员
福田彻　二十六岁　原乘务员
久保田健　三十岁　原机械工

棍间原来是某“趣味列车”的司机，喜欢赌博。他从互助会借了三百万日元。为了还钱，他骗了朋友二百万日元。念其是初犯，而且很快将钱退回了，故免于刑事处分。但是，他很快就写了辞职报告，离了职。大概是因为报纸和杂志将此事大肆渲染了一番吧，他觉得再干下去也没有多大意思了。他还因此而离了婚。

新井和福田两个人同在东京乘务员区工作，是一对非常要好的朋友。两个人都是独身主义，休假时常常一起饮酒作乐、外出旅游。他们是在去年春天出的事儿。

一天深夜，他们俩在新宿喝酒，和三个职员发生了争执。他们在高中时学过拳击，一冲动便动手打了人。

如果仅仅如此，双方都有责任，那么事情就了结了。虽然对方被打得住了院，但经过说和，他们只出一部分医疗费就可以了。然而，在混战中，新井将这三个人中一个人的钱包抢走了。因为这个“战利品”，他以“伤害、抢劫罪”被捕了。

到了今年判决才下来。他被判处“强劳”两个月，缓期一年执行。也就是说，现在这两个人都在“监外执行”。

第四个人是久保田健。他在国铁的大井街工厂干活儿。工业大学毕业后，他来到国铁工作，一干就是十二年，是一名老技术工人。

同事们都称他为“认真的男人”。他为人诚实，工作认真，曾多次受到国铁的表扬。

然而，不知从什么时候开始，他经常使用兴奋剂。也许是因为经常上夜班，他为了不打瞌睡而想出了这个办法。于是，他被停了职。

六

这四个人与本次事件究竟有无关系，现在还不好下结论，但是作为领导，高野正之既然制订了这个计划，就必须物色一个熟悉国铁内部情况的人。要了解和利用这四个人，是件非常简单的事情。

这四个人出事之后，报纸和杂志都把他们视为国铁的耻辱而加以宣扬，就连电视台都进行了报道。

如果他们真的加入了罪犯团伙，那么他们肯定认识“神秘号”列车上的司机和乘务员。不仅认识，而且有可能拉司机中村入伙。

北野是根据上原被杀一事进行推理的。他带着这四个人的照片、履历以及其他档案去了警视厅。

“我不希望确有此事，但我认为这些材料也许有用，所以把它们带来了。”北野说着，将这四个人的照片拿给十津川看。

“您的这种心情，我非常理解。”十津川向北野点了点头。是的，如果警察也混在罪犯之中，那么十津川的心里真不是滋味。

十津川将这四个人的名字以及高野正之和白石刚的名字一起写在了黑板上。

一共六个人。被害的石山清之在日历上写的应该是八名罪犯。即使加上石山本人，也只有七个人。如果他们干掉了石山，再吸收进来一个人的话，就正好是八个人了。

"在此之后，还可以随便加上一两个人！"十津川说道。

"会是什么样的人呢?"北野问十津川。

高野是这次计划的制订者，这是毫无疑问的。要想制订这样的计划，就必须招募有用的技术人才，即像国铁的这四个人那样的技术人才。高野恐怕还得对他们进行拉拢。

正如北野所说，这四个人的丑闻已经被公布在了报纸和杂志上，因此十津川认为，高野会很容易利用这四个人的弱点拉拢他们。他们出了事，被停了职，肯定会感觉"生不逢时"，再加上报纸和杂志的宣扬，以及社会舆论的压力，他们肯定会产生自暴自弃的念头。在这种情况下，受到高野的拉拢，肯定会稀里糊涂地上贼船的。

"那么，还会有什么人参加呢?"十津川一边看着黑板上写的这六个人的名字，一边反问北野。他与其说是在问北野，倒不如说是在问自己。

还有，就是要找到有必要劫持四百名乘客和劫走十亿日元巨款的人。

"您认为仅仅六个人就可以劫持一列火车和上面的乘客吗?"北野反问了十津川一句。

"在囚禁人质的大楼里，门上都装了炸药包，仅仅数人就将这四百人整治得服服帖帖，这可不是一般人能办得到的。用炸药包应当算是一种胁迫！"

“如此说来，应该有一个会使用炸药的人。”北野说道。

“并且要有地方去弄这种炸药。炸药在国铁也不是随便使用的吧?”

“是的。只有开通隧道时才会大量使用炸药！并且，他们对炸药的管理是非常严格的。”

“在新垂井大楼里发现的炸药共十二份，都有雷管导火索。要不，我们再调查一下国铁的工程现场吧！如果正好有十二份炸药丢失了，那么我们可以顺藤摸瓜，查一下有可能自由出入此地的人，这样就有可能抓住罪犯的同伙了。”

“我明白了。立刻问一下工程现场！”北野说完，便返回了国铁总部。

十津川看了一下手表：已经快5点了。罪犯们现在在什么地方?干什么呢?三名人质和“神秘号”上的五名乘务员是否平安无事?他焦急地盯着放在房间里的三部黑色电话机。

去世田谷乌山的中尾家的小川和去三鹰工厂的龟井都还没有打来电话。他们在干什么呢?

时间一分一秒地过去了，十津川更加焦躁不安了。时间拖得越久，罪犯们逃离的可能性就越大。十津川更担心的是，这伙歹徒可能已经逃到国外了。如果他们真的携带那十亿日元巨款逃到了国外，那么警方就彻底失败了！

第十四章
雷达

一

北野请了被救出的三百九十七名人质中的七名男女来到了国铁总部。

其中包括《旅窗》杂志的记者津山研一。北野认为，这七个人都是有一定的分析能力和判断能力的人。

北野拿来“神秘号”列车的五名乘务员的照片，让他们辨认。北野问他们，在列车上或在被囚禁的校舍中，是否见过这几个人。这七个人不约而同地摇了摇头。果然如北野所料，司机中村他们肯定是和这些乘客分开囚禁的。

“当罪犯把列车停在新垂井站，让大家下来的时候，以及他们用两辆轿车把你们送到附近的补习学校时，你们感觉有什么奇怪之处吗?”

听北野这么一问，津山不禁苦笑着说道：

“在返回东京的途中，警察也这样问过我。都怪‘神秘号’这个名字，它使得我们无论在什么情况下都坚信它是神秘的！像新垂井那种车站，是‘铁道迷’们日夜向往的地方。列车一到站，我们就看到站台上挂着欢迎的标语，还有穿着制服的乘务员欢迎我们，谁都不会怀疑这是假的。因为我是干这行的，觉得有点儿奇怪，所以把名片夹留在了车厢里。但当时我也没有把握认定这是一场骗局！”

“从新垂井站用大轿车把你们拉走的人里，有没有这五个人？”

“没有。”津山和其他六个人肯定地答道。

这么说，“神秘号”列车在到达新垂井站之前就被罪犯们控制了，那么司机中村肯定被限制了自由。他们肯定是趁四百名乘客熟睡之际下的手。当时大概是把中村他们关在了电气机车中或是电源车里了。

“进了学校之后怎么样了呢？”北野继续问道。

一位自称是某商社办事员的小姐一边笑着一边说道：

“校舍门前也挂着欢迎‘神秘号’列车的横幅。因此，我们就毫不犹豫地上了五楼和六楼，吃上了奶油色拉和三明治。”

“每天都吃这个吗？”

“不，从第二天开始，就吃奶油色拉和饼干了。”一个职员模样的五十岁左右的男人耸了耸肩，说道。

果然如此，他们一下子买进了大量的饼干！

“在第一次让我们吃奶油色拉和三明治时，门就被人劈里啪啦地全部关上了，然后才告诉我们，我们已经被作为人质囚禁起来了。”

“你们很快就意识到了吗？”

北野一问，旁边的一位四十二岁的小吃店老板、铁道模型的爱好者说道：

“一开始我们认为这是在开玩笑，但后来罪犯锁上了房门，又用猎枪威胁我们，这下我们才明白过来。”

“他们都拿着枪吗？”

"有两支。他们用炸药吓唬我们。我们这些人可是很害怕炸药的呀！"

"你们注意到罪犯的特征了吗？他们之间说的话也可以，比如：赎金、逃跑的方向。"

"罪犯们很少说话！"

其中一位这样一说，其他人附和道：

"是啊，他们之间不称呼姓名，大概是怕我们知道他们的名字吧！"

北野将那四名离职人员的照片拿给津山他们看。

这七个人十分认真地观察着这几张照片。终于，他们肯定地说，在罪犯当中，有原司机棍间泰一和原乘务员新井干夫。至于另外两个人，就没有什么印象了。

"看来，大体上可以认为这次事件与国铁内部的职员有关。"北野暗想。虽然这是件令人厌烦的事，但是不能不正视现实。恐怕这次又让舆论界抓住了国铁的小辫子。

二

北野向这七个人表示感谢并送走了他们之后，收到了从电气化复线工程的山阴本线建设工地发来的关于大量丢失炸药和导火索的报告。

"到底丢了多少？请报告得准确一点儿！"北野对打来电话的人说道。

"至少十份以上。现在正在调查具体数字。但是，肯定不到二十份。"对方估计着说道。

"你知道是什么时候丢的吗？"

"我处工程紧张，没有每日清点，但我们认为是在半个月内丢失的。”

“有没有偷盗人的线索?”

“我们聘请的K建设公司的一个男职员最近突然毫无原因地失踪了。也许就是他偷走了炸药。”

“他叫什么名字?”

“嗯……叫山崎男，二十九岁。从他的履历上看，是N大理工科退学的。后来他就不断地转换工作单位，于去年3月份转入K建设公司。他还没有结婚。”

“这是个什么样的人?”

“据同事们说，他不爱说话，既不喝酒，也不赌博。”

“知道他有什么爱好吗?”

“喜欢旅游，一放假就去旅游。”

“有一个叫‘快乐之年’的旅游组织，他是不是那个组织的成员?”

“那我可不知道。也许这次他也是去旅游了吧!”

“他有什么特长? 会安装和使用炸药吗?”

“他是爆破专家，有大型机动车驾驶执照。他以前好像是开卡车的。”

也许就是他开着大轿车把乘客拉到补习学校的吧。高野有可能是通过“快乐之年”知道这个人的。他要劫持这四百名乘客和“神秘号”列车，这个人是不可缺少的。山崎男最近失踪了，不是正好说明他正在实施这个劫持计划吗?

“如果找到了这个人的照片，请迅速送来。”北野这样要求道。

三

此时，龟井和樱井到达了位于三鹰的“田岛重工”的三鹰工厂。

它位于国铁三鹰站以南约一公里处，占地面积很大。在入口处立着一块写有“田岛重工飞机制造部”的大牌子。

这是一家有着尖端技术的工厂，因此入口处检查得非常严格。

龟井将警察证让门卫看过之后，面部表情严肃的门卫才准许他们进入。

“我们想见一下林太一郎先生。”

另一名门卫用电话联系了一下，对龟井说：

“林部长出门了。”

“到哪儿去了?”

“不清楚。”

“不知道可就麻烦了。找一下他的助手也行。”

“我给你们找一下佐野副部长吧!”

于是，门卫又拿起了电话。这次，他笑着说道：

“佐野先生可以见你们，请你们进去吧！直走，上右侧楼房的二楼，副部长的房间在那里。”

这是制造飞机的场所，所以车间非常大，并排矗立着三幢大楼。飞机跑道从那里伸向远方。

正如门卫所说，车间的旁边有一个不大的办事处。

龟井他们进去之后，径直上了二楼。

部长室和副部长室挨着。叫佐野的副部长个头儿不高，是个四十七八岁的男人。

“警察来找我们，有什么事吗?”佐野请龟井和樱井入座后，问道。

“我们想问林太一郎先生几个问题。他出门了?”

“是的。”

第十四章　雷达

“他去哪里了？今天还能回来吗?”

“今天是回不来了，他去了香港。”

“去香港干什么?”

“为了本工厂制造这种飞机的事情。”佐野说着，指了指墙上挂着的飞机的巨幅照片。

这是一种双翼商用喷气式飞机，机身很长，造型优美。

“使用的是美国的发动机。机体很大，一次能乘坐十二个人，而且航行距离远，所以要和好几个国家合作生产。”佐野用夸耀的语气说道。

“林太一郎先生去香港的目的是推销产品吗?”

“不，有两架这种飞机已经卖给了香港。一号机于六个月前交了货，现在正在办理二号机的交付事宜。”

“以什么规格进行交付?”

“按对方的要求，进行了内部装修。林太一郎部长为主要负责人，成员共有七个。一会儿他们就要从成田机场飞往香港了。飞机上的人都是本公司的飞机制造专家。交付手续办好之后，他们将于明天返回日本。”

“这七个人肯定都有护照吗?”

“那当然，没有护照是不允许飞往国外的。”佐野笑着说。

“这七个人全都是从这个工厂走的吗?”

“嗯，是的。他们是一起出发的。”

“都是些什么人？林太一郎部长是负责人……”

“都是参与研究、制造这种飞机的专家！有机身设计、机身电子设备安装的专家，有机舱内部装修设计专家……他们要在香港向对方的工作人员说明这架飞机的使用方法，因为二号飞机与一号飞机相比，有一些改进！”

“去香港的飞机什么时候起飞?”龟井问道。

佐野抬头看了看墙上的挂钟，说道：

“还有两三分钟吧。”

“什么，还有两三分钟？”龟井和樱井对视了一下。他们一下子就明白了：这是罪犯逃跑计划的一部分！

也就是说，罪犯们知道“田岛重工”制造的双翼商用喷气式飞机今天要向香港方面交货，林太一郎部长等七个人同去香港。他们肯定是了解到在“神秘号”列车上有林太一郎部长的女儿，于是把她当作人质进行威胁，制订了这次逃往香港的行动方案。

“这七个人当中有飞行员吗？”

“没有。由机长和副驾驶两个人开到香港，但他们不是我厂的正式职员，是雇用的退休人员。”

“这么说，一共有九个人？”

“是的。”

“这架飞机的正式名称是什么？”

“‘JAF2000’。”

“我用一下电话。”

龟井给成田机场打了个电话。

“是成田机场吗？今天有一架‘JAF2000’双翼商用飞机要飞往香港，还没有起飞吧？”

“两分钟之前已经起飞了。”

“妈的！”龟井骂出声来。

四

这时，小川正在世田谷区乌山的中尾隆寿的房门前按着门铃。按了许久也没有人来开门，他十分着急。于是，他走到附近的公用电话亭，给警视厅的十津川打了个电话。

“没人来开门！我该怎么办？我没有逮捕证，不好直接闯进去。”

听小川这么一说，十津川像是早就预料到了似的说了一句：

“那就回来吧。”

“什么？”

“刚才龟井打来了电话。我想，中尾隆寿恐怕也被弄到卖给香港的那架飞机里去了，中尾的女儿就是人质。”十津川把龟井在电话里说的一五一十地告诉了小川。

“我认为签这个合同的飞行员肯定是中尾！”

“可是飞机已经从成田机场起飞了呀！”

“是的，但还在雷达的监视范围内！已经要求机场方面呼叫他们立即返航了。”

“我很快就回去！”

在警视厅搜查一科的办公室里，十津川放下电话，对本多科长说道：

“我还是不明白。”

“什么事？”

“罪犯的打算呗！”

“有什么不明白的？他们就是要利用将飞机交付香港的机会逃往国外。在这架飞机上，连同驾驶员和林太一郎部长，一共有九个人。林太一郎部长和飞行员是必不可少的，其余七个人都是罪犯！他们拿的都是‘田岛重工’的人的护照。这是一架要卖往香港的商用飞机，所以各项检查都不那么严格。那十亿日元巨款会很容易被运到机舱里去。日元在香港也可以使用，我们忽视了这一点。他们一旦到达香港，便可以正常地把飞机交给香港方面，然后就地分赃，从此销声匿迹。他们扣押着几个人质，所以林太一郎部长和飞行员中尾的亲属一定会报警。当然，林太一郎他们会尽快从香港逃回去，因为他们手中的护照是真的！”

“我们忽视了这一点，让他们在几秒钟之内逃脱了。成田机场的雷达可以牢牢地盯住他们。立刻与香港的机场进行联系，要求那边的人，飞机一着陆就将他们逮捕！”

“这样的话，我们就算幸运的了。喷气式飞机到达香港要用四个小时！”

“是啊，再快也要四个小时才能到！”

“我们要是再晚四五个小时发现的话，这伙歹徒可就真的跑掉了！他们正是怀着这种侥幸心理制订的逃跑计划！他们当中有被保释的人，就连这样的人都希望逃往国外。”

“是啊！我真佩服这伙人。他们劫持列车、扣留人质、夺取赎金，计划得如此天衣无缝！尤其是这次飞往香港，干得真漂亮！可我还是有点儿不放心……”

“你这个人总是疑神疑鬼的！有成田机场的雷达盯着呢，你就把心放到肚子里吧！”本多信心百倍地说道。

五

导航中心的雷达可以捕捉到三百四十公里以内的飞机，并且可以在荧光屏上显示该飞机的型号。

三十二岁的导航官铃木目不转睛地盯着出现在这台巨大的荧光屏上的“JAF2000”的图像，确定了这架飞机所处的位置。这架时速为五百六十公里的飞机，在荧光屏上不过是一个缓慢移动着的小亮点。

第十四章　雷达

高度1.5万英尺，大概很快就要离开日本相模湾了。

这时，成田机场的导航塔上的人正拼命地向“JAF2000”呼叫：

“‘JAF2000’，听见了请回答。立即返回机场！重复！‘JAF2000’，立即返航！”

根本没有反应。和警方进一步联系之后，机场方面才知道这架飞机上有七名劫匪。他们肯定对机长进行了威胁，与机场断绝了通信联系。然而，导航塔上的雷达紧紧地跟踪着他们。

在荧光屏上，这架飞机看上去就像一只正在拼命逃出包围圈儿的虫子似的蠕动着。

“出动航空自卫队吧！”机场的负责人果断地说，“从浜松空军基地出发，可以在相模湾上空拦截到‘JAF2000’。”

他们很快与浜松空军基地取得了联系。立即有两架鬼怪型喷气式飞机升空了。

这时，从空军基地打来了电话，要求报告“JAF2000”现在的位置。

导航官铃木一边密切注视着荧光屏上的图像，一边直接与浜松基地通话，并将通话的内容传给了正在空中飞行的两架鬼怪型飞机的飞行员。

虽然这两架飞机带有空中雷达，但其有效半径太短，要想在如此广阔的天空中捕捉到一架小小的飞机是十分困难的。

铃木死死地盯着荧光屏上的目标，向他们报告说：

“现在‘JAF2000’高度1.5万英尺，时速五百六十公里，向西南方向飞去。东经……”

说到这里，铃木突然“啊”的一声惊叫起来。这个干了七年导航工作的铃木，目瞪口呆地站在那里。

“怎么回事儿？导航中心！”

铃木听到了机场负责人严厉的问话。他连忙报告说：

“‘JAF2000’在屏幕上消失了！”

“什么，消失了？到底是……”

“雷达突然跟踪不到了。”

“你睡着了吧！再认真给我看看！”机场负责人发火了。

导航中心的主任慌忙跑到铃木的背后，瞪大眼睛盯着荧光屏。

“我一直看着呢！”铃木像哭了一样申辩道，“但‘JAF2000’突然从屏幕上消失了。”

“肯定是消失了！”主任在一旁附和道。

“是不是雷达出了毛病？”机场负责人还在发火。

“不！其他飞机的图像都还在！”

“为什么只有‘JAF2000’消失了呢？”

“我也不知道。除非它出了事故，掉入了大海。”

“它会不会是为了躲避雷达的监视，降低了高度，贴着海面飞行？”

“不会的。”

“为什么？”

“‘JAF2000’的飞行高度是1.5万英尺，要想躲开成田机场雷达的追捕，必须降到一千英尺以下才行，而这种双机翼的喷气式飞机是不可能一下子从1.5万英尺下降到一千英尺的，因此不可能瞬间消失。”

“这么说，‘JAF2000’确实是坠入大海了？”

“除此之外，没有其他的可能性。”

六

从浜松空军基地迅速起飞的两架鬼怪型飞机接到

“JAF2000”堕入大海的报告之后，立即返回了基地。

接到成田机场的这份报告时，十津川和本多科长感觉到了事态的复杂性。

“关于雷达跟踪不到‘JAF2000’的报告不会弄错吧?”十津川向导航中心追问了一句。

中心主任回答说：

“不会弄错的。‘JAF2000’确实从荧光屏上消失了，而且是突然消失的，速度超过了在空中爆炸的时间。”

“用雷达追踪‘JAF2000’的导航员是叫星野英夫吗?”十津川问道。他清楚地知道，星野英夫的儿子被罪犯绑架了，成了人质。如果确实是他在值班，那么他完全有可能屈服于罪犯的威胁，在雷达监视和报告中做手脚。

导航中心主任说：

“今天是铃木谦一值班。而且，我是亲眼看到‘JAF2000’从荧光屏上消失的。”

“星野英夫先生在干什么?”

“他今天休息。”

“是吗?”

“我的意见是，和海上保安厅联系一下，请他们帮忙搜索一下海面。雷达观察到的最后地点是，东经……”主任一字一顿地对十津川说道。

十津川赶快拿来一张日本地图，打开之后看了起来。

也就是说，飞机是在相模湾上空突然消失的。十津川对本多科长说：

“导航中心主任说，在空中爆炸之后坠入大海的可能性比较大。”

“如果真是这样，就没有必要请求香港警方协助了。但我无论如何都不相信事情会这么巧。”本多满腹狐疑地盯着这张日本地图。

十津川用红色铅笔在地图上的相模湾一带画了一个大大的“×”。

这个地点便是“JAF2000”消失的地方。如果它坠入了大海，那么就应该是在这一带坠入的。

“那十亿日元的钞票也和罪犯一起被大海吞没了！”说着，本多抬起手腕，看了看手表，“一块石头总算是落了地！只是结局出乎意料。”

“如果这伙歹徒确实坠入了大海，那么我们就不得不去大海里打捞那十亿日元了。只是没有亲手抓住这帮家伙，太遗憾了。”

这时，海上保安厅的人大概正在进行搜索吧，只好等待他们的报告了。十津川他们对此无能为力，能做的只有救出其他人质。他们必须弄清这三名人质和“神秘号”上的五名乘务员被关在什么地方，才能将他们解救出来。

十津川对这八个人的处境比较乐观：三百九十七个人都未被伤害，说明这伙歹徒并不是杀人成性。大阪铁路局的乘务员和“快乐之年”的会员被害，也许是因为拒绝了罪犯的某种要求。

虽然还没有弄清这八个人被关在什么地方，但是可以肯定，他们只要不反抗，顺从他们，就不至于惨遭毒手。

更何况，罪犯们都在“JAF2000”上，不一定有人看守他们。

渐渐地，十津川有了这么一种感觉：这八个人被囚禁的地点，应该与囚禁三百九十七名人质的地点相似，有可能也在某幢大楼里。

“这八个人如果被关在一起的话，那么在关西的可能性比较大。”本多猜测道。

“嗯，是的。我也觉得他们没必要费那么大的劲儿把那几个人带到东京来。”十津川也不敢肯定。

那八个人到底被关在了什么地方？这伙歹徒真的与飞机一起坠入相模湾附近的海里了吗？

第十五章 救生衣

一

喷气式飞机“JAF2000”在相模湾上空失踪的消息被各地的电台、电视台在新闻节目中播出了。警方没有对这些报道进行干涉，他们想看看这条消息到底能起到什么作用。

很快就传来了十津川他们所盼望的消息。

一名男子给警视厅打电话说：

“关于‘JAF2000’失踪的事情，我希望尽快和贵方谈一下。”

“我是搜查一科的十津川。您是想谈谈那架飞机的情况吗?”

那名男子和身旁的什么人商量了一下之后说道：

“在电话里说不太方便，最好是面谈。”听得出来，他说话时有些紧张。

“可以。您现在能否来这里?”

“可以，我这就来。”

“对不起，您贵姓?”

“我叫小池。”

“那么，我在此等候小池先生。”

第十五章　救生衣

二十分钟后，那名叫小池的男子乘出租汽车来了。

小池三十岁左右，穿着笔挺的西服。他递给十津川一张名片，上面写着“田岛重工飞制造部小池博”。

十津川想了想，问道：

“您是应该搭乘那架喷气式飞机的先生吗?”

“是的。”

“您是不是想给我们提供一些线索?”

“是的，警察先生。正如您所说，我是林太一郎部长他们一行七个人中的一个，本该在今天乘坐‘JAF2000’飞往香港。但是，今天早上，部长突然把我们召集在一起，说他的独生女儿，以及我们公司雇用的驾驶员中尾先生的女儿，都被绑架了，他恳求我们将七名歹徒送上这架飞机，让他们逃往香港。”

“是七个人吗?”

“是的，包括副驾驶片冈先生。部长恳求我们将手里的护照借给这几个人。”

“那你们就只好说‘OK’了!”十津川毫无恶意地讽刺道。

小池表情紧张地解释道：

“没办法呀！我本想尽快通知警察，但被绑架的是部长的女儿呀！我知道部长非常喜欢女儿，中尾先生也是如此。而且，我是在部长的栽培下成长起来的。林太一郎先生是飞机制造部的顶梁柱，我们不能见死不救啊！所以才犹豫是不是该把这事儿告诉警察。希望您能谅解……”

“那么，结果怎么样?”

“部长说，如果罪犯能安全逃到香港，人质就能被放回来。他们会保证他和中尾先生的安全。如果让警察知道了，那么对于他们的女儿和他们的生命安全，罪犯就不负任何责任了。我们老老实实地把护照交给了部长，决定隐藏几天，假装去了香港。我们听说那架飞机在空中遇难之后，感到十分惊奇，觉得应该赶快来报告。那架飞机真的坠毁了吗?”小池表示怀疑地看着十津川。

“我不是飞机专家，不清楚其中的奥秘，但飞机确实脱离了雷达的跟踪。”

“果然如此吗?”小池深深地叹了一口气，“早知如此，还不如一开始就报警，制止这次飞行呢!”

“你们见过罪犯吗?”

“没见过。”

“那护照给谁了?”

“我们相信了部长的话，将护照集中起来，交了上去。我们并没有直接见到罪犯。”

二

这时，驾驶员中尾和部长林太一郎的亲属们十分担心地报了警。和小池博他们一样，他们也是顾及女儿的安全而未敢报警，毕竟他们的女儿都是二十岁左右的大姑娘。他们听到飞机坠毁的消息之后，在万般无奈之下，才把希望寄托在了警察身上。如果他们早点儿报警的话，也许在成田机场就将这伙歹徒抓获了。

针对这一新的情况，召开了会议。

“海上保安厅的人正在我们认定的地点进行全面搜索。”十津川向本多科长报告了目前的情况。

“结局真是出人意料啊!”本多的脸上显出茫然若失的

神情。

“乘坐这架飞机的如果只有罪犯，那么可以说是罪有应得。但是，‘田岛重工’的部长和飞行员中尾先生也在其中，那十亿日元的赎金也有可能在飞机上。因此，无论如何都要找到他们，活要见人，死要见尸！”

“目前我们该怎么办?”

“搜索的事情就只好拜托海上保安厅了。我们的任务是尽快把人质救出来。共有八个人，大概是被关在了关西地区。”

“他们没有被害吧? 这可是问题的关键。”

“我们成功地救出了那三百九十七人，并且没有发现他们有伤害人质的企图。因此，我认为这八个人不会有什么危险。‘JAF2000’预计在晚上 8 点左右到达香港机场，我认为罪犯不会早于这个时间释放人质。所以，和上次囚禁那三百九十七人一样，此时大概不会有人监视这八名人质。”

“罪犯是七个人，不会错吧?”

“当然不会错。我现在就把这七个人的名字写在黑板上。”十津川说着，在黑板上写了起来：

高野正之　原补习学校负责人

白石刚　原“白云观光”公司经理

棍间泰一　原司机

新井干夫　原乘务员

福田彻　原乘务员

久保田健　原机械工

山崎男　原 K 建设公司职员

十津川拿出这七个人的照片，让全体与会者传看。

这七个人失踪了，大概已经成了海鱼的腹中之物。

“还有这三名人质的亲属……”本多说着，摇了摇头，“林太一郎部长的夫人和中尾先生的夫人都向警方报了案，但是不见星野英夫的亲属。这是怎么回事？”

“导航员星野英夫和他们不同，他没有乘坐‘JAF2000’。因此，我认为他的亲属没有必要来报案。”

“那么，他现在在干什么？”

“我问了一下导航中心。听说他白天休息，但没有回家，也许是去打探儿子的消息了吧！”

“罪犯们把导航员的儿子抓起来当人质，不是很荒唐吗？‘田岛重工’的部长和中尾是他们逃往香港的必要人物，把他们的亲属扣作人质，很容易理解。但扣押导航员的儿子有什么必要呢？”

“他们是不是希望在‘JAF2000’起飞时，能有一个人按照他们的意愿行事呢？”

“嗯，话是这么说，可星野并不是导航塔上的人啊！”本多依旧表示很不理解。

十津川也感到迷惑不解。他们没有必要绑架一个毫无用处的导航员的独生子。

这个问题还没有解决，就转入了下一个议题。

“我觉得，下一步应该转入公开搜查！”本多向与会者提了个建议。

三

七名罪犯乘坐喷气式飞机逃离日本时，在相模湾上空失踪了。因此，如果进行公开搜查，应该不会给那八名人质造成威胁。但是，如果还有一名罪犯留在国内监视这八名人质的话，那么这八名人质就十分危险了。

“我认为罪犯是不会留在国内的!”十津川对本多说。

“理由是什么?”

“高野和白石刚将那十亿日元赎金弄到手之后，就可以逃往国外了。但是，他们并没有这么办，而是在国内一直待到现在才和其他几个人一同乘飞机逃往香港。很明显，他们中间有人正处在保释期，无法办理护照。所以我认为，这伙歹徒的集体意识很强，留下一个人监视人质，其余六个人逃到国外的可能性不大。另外，如果我们没有发现‘JAF2000’，那么在晚上 8 点，这伙歹徒就能够顺利地到达香港了。他们也许会利用别人的护照由香港逃往其他国家! 所以我不认为他们会在国内留人。”十津川充满自信地说道。

“嗯，我明白了。”本多说道，“我会建议进行公开搜查的!”

于是，在本次搜查会议上，作出了公开搜查的决定。

会后，本多和十津川一起见了刑事部部长三上。不料，三上部长没有采纳这个建议。

三上从来不去现场，只在他那一亩三分地里发号施令，任何时候都是从政治和社会影响的角度来考虑问题。

“你们这些人光说‘不要紧’，万一有一个人留下来监视人质怎么办? 如果公开搜查，这家伙就有可能杀掉人质，然后逃跑。这种可能性不能说完全没有。”

“搜查不会毫无结果的。”十津川直率地说。

任何事情都不是绝对的，所以要求一线的警察有足够的勇气和判断力。

“出了意外，由我来承担责任!”本多对三上说。

“话是这么说，可真要是出了事，受惩罚的是我!”三上不高兴地说道。

“由于担心而犹豫不前，有可能耽误事。要勇于承担责任，不能再犹豫了。”本多像是在给三上施加压力。

三上越发不高兴了，生气地说道：

“本来是秘密进行的，现在突然要转入公开，社会舆论会怎么抨击我们呢?”

“舆论界在意的是结果。我坚信，公开搜查会产生好的效果。我和十津川考虑到了种种危险性，可是八名人质被囚禁了整整三天，必须尽快把他们救出来。我们认为这八名人质不是被囚禁在东京附近，而是被囚禁在关西，这样的话，公开搜捕就越发显得必要了!”

平时少言寡语的本多，今天居然滔滔不绝地对三上讲了一番大道理。

三上部长只好不情愿地下达了公开搜查的命令。

四

在夏天烈日的照射之下，相模湾的海面上波光粼粼。

海上保安厅的“YS11”型飞机在海面上空反复地搜寻着。与此同时，两艘中型巡逻舰在这一带的海面上进行着包抄式搜索。

空中，各报社和电视台的直升机越聚越多。

得到了“田岛重工”的一架喷气式飞机在相模湾上空遇难的消息之后，巡逻舰迅速赶到了现场。遗憾的是，到现在为止，他们一点儿线索都没有发现。

之所以出现了如此混乱的场面，是由于警视厅宣布了要进行公开搜查。

下午6点，部长三上召开了记者招待会，说明了事件的全部过程，并要求各方面协助寻找这八名人质。他告诉与会的记者，七名歹徒劫持了“田岛重工”的商业飞机，企图逃往香港，于相模湾上空突然失踪。于是，这些报社和电视台的直升机迅速赶往出事地点。

各个报社在第二天的报纸上刊登的标题几乎一模一样：

夺取十亿赎金　歹徒葬身海底

在电视台的新闻节目中，播出了这八名人质的照片。

海上保安厅的巡逻舰“海鸥号”上的人员一边不耐烦地看着盘旋在头顶上的这些报社和电视台的直升机，一边死死地盯着海面。它的同伴“千鸟号”也未发现“JAF2000”的碎片。

“海鸥号”的舰长芦田接到了双发动机的商业飞机在相模湾上空失踪的报告之后，迅速赶到了这个海域。他被告知，这架喷气飞机上载有九名乘客，但是雷达跟踪不到它了。他思索了一下，试图分析事故的原因。

是因为发动机出了故障，失去控制之后坠入海中，还是因为限时装置发生了爆炸?

如果是前者，那么恐怕很难在海面上发现碎片；如果是后者，那么海面上应该有漂浮物或幸存者!

搜查工作进行了将近一个小时，还是什么都没有发现。“千鸟号”和在空中寻找线索的“YS11”型飞机看样子什么也没有找到。

突然，一个年轻的海员尖叫起来：

"右舷三十度发现漂浮物!"

舰长芦田立刻用双筒望远镜向那边望去。

在漆黑的海面上，漂浮着一个橙黄色的物体。顿时，船内的空气紧张起来。芦田命令，立刻停船。

发动机停了，但是船在波浪中怎么也停不稳。那个橙黄色的物体在船体旁边顺流向远处漂移了一百米。

这时，用专用搭钩已经无济于事了，于是芦田命令放下小船。

小船靠近那个物体之后，船上的人将它拾了起来。

五

原来，这是一件橙黄色的救生衣，是为防不测而在飞机中备用的，上面印有"田岛重工"的字样。

芦田明白，这肯定是"田岛重工"的那架遇难的商业飞机中的物品。于是，他命令道：

"迅速向上级报告，发现了一件救生衣。记下它的号码，查一下原先是放在哪架飞机上的!"

同时，"海鸥号"从这里出发，继续在海面上搜索。

三十分钟之后，查到了救生衣的情况。和芦田估计的一样，被发现的这件救生衣的确是那架飞往香港的"JAF2000"上的。这说明，飞机上的人有可能从坠落的飞机中逃了出来，或是在坠海之前从飞机上被弹了出来。

夏季海水的温度高，没有大的波浪，如果被抛到海面上，这些人生存下来的概率是很高的。

于是，芦田向"千鸟号"上的人报告了这一发现，请求他们注意寻找幸存者。

二十五六分钟之后，他们又发现了一件救生衣，上面也印着“田岛重工”的字样。向东京方面询问之后，得知这件救生衣与上一件救生衣出自同一架飞机。

于是，芦田断定，“JAF2000”肯定是在空中发生了事故，坠入了大海。

这个海域的水深大概有五六百米。芦田通过船内的收音机得知，这架飞机上有七名劫持乘客并敲诈十亿日元赎金的罪犯。十亿日元啊！他惊叹不已。

但是很明显，那十亿日元和罪犯一起沉入了大海。

这伙歹徒是自作自受。但是，他们绑架的人质、这架飞机上的飞行员，以及“田岛重工”的其他人实在是无辜。有什么办法呢?

也许这两个人是为了逃出虎口而使这架飞机坠入大海的，必须尽全力去寻找他们。

两个小时过去了，依然没有发现幸存者。除了那两件救生衣以外，任何“JAF2000”上的东西都没有找到。

六

各大报纸在号外上争相报道这一事件的进展情况，刊登了八名人质的照片，并要求市民协助查找。

电视台也在新闻节目中连篇累牍地进行着报道。就连剧场中都挂出了有关这一事件的文字材料。

此时，十津川和亀井正在一起看电视。电视里正在报道关于海上保安厅打捞上来两件“田岛重工”的救生衣的新闻。

“‘JAF2000’肯定是遇难了。”亀井看完这一报道，沮丧地说。

十津川打开地图，在上面标出了相模湾的出事地点。

这一带水深数百米，如果沉下去，根本打捞不上来。如果这七名歹徒和全封闭的飞机一起沉入海底的话，那么警方就永远失去了抓住他们的机会。

“太遗憾了！”十津川惋惜地说道。

目前，他们调动了全国的警察，调查那八名人质的下落。

十津川认为，人质肯定被关在关西一带，具体在什么地方就不得而知了。

那三百九十七名人质被关在了高野正之的补习学校里，而在关西地区的新垂井附近，再也找不到高野正之的补习学校了。

“这次不是三百九十七个人，而是八个人。他们会被关在什么地方呢?”龟井自言自语道。

十津川一边思考，一边说道：

“这次他们大概是把这八个人关在饭店或者公寓的房间里了，这样不会引起邻居的怀疑。”

如果是这样的话，那么最好注意一下僻静的地方。在这种地方，就算是发生了骚乱，也不会引起周围人的注意。

“最有可能被关在野外的别墅里。你不这样认为吗?”

“被关在空的别墅里！可现在是盛夏，主人们会居住在这种远离喧闹城市的别墅里。”

“那倒也是。”

“不知道高野和白石刚还有没有其他别墅了。”

“调查一下吧！”十津川说道。

调查的结果并不令人满意。

高野在事业兴旺之际确实购买过其他别墅，但并不是在关西地区，而是在美国的夏威夷。他在那里买了一所很大的住宅，打算建成海外的高尔夫球训练营，让补习学校的学生在那里集中训练一两个月。

然而，随着事业的失败，他把这座别墅卖给了别人。

白石在名古屋开了一家观光公司，在南纪的白浜有一座不小的别墅。不过，那座别墅被在当地很有名气的一个电气厂当作“职工之家”使用着。

“那么，他们就没有被关在别墅里的可能性了。”十津川十分失望地说道。

除了被关在别墅里，这八个人还有可能被关在什么地方呢?

这个时候学校在放假，所以都空着。但是，像新垂井的学校一样，为了防止出事，校方十分谨慎，宁可空着也不轻易把校舍借给别人。所以，他们被关在学校里，也是不太可能的。

“看来，除了依靠全国的警察和国民加紧搜查、多多留神以外，没有别的办法了。”十津川再次强调了进行公开搜查的必要性。万般无奈，他在附近的公用电话亭里给导航员星野的家里打了个电话。

七

这次是星野的夫人接的电话。

十津川刚一报出自己的姓名，她便惊慌失措地问道：

“我儿子不要紧吧? 我看了电视上的新闻报道，他是不是已经被歹徒杀害了?”

“不要紧的！你要坚信这一点。目前，警察正全力以赴地进行搜寻。我想，你很快就能见到自己的儿子了。”十津川安慰了她几句，“嗯，我想和你丈夫谈点儿事，怎么联系他呢?”

“不瞒你说，我现在和他联系不上。”

“他在什么地方，可不可以估计一下呢?”

“他是个爱孩子胜过爱自己的父亲，我想他大概是单独出去找孩子了吧!”

“好吧，一有他的消息，就请你马上给警视厅打电话。”

十津川说完，挂上了电话。这时，龟井来到他身边，问道：

“怎么样，有线索了吗?”

“嗨，什么线索都没有！星野应该从电视节目中知道了一些情况，比如全国的警察正在公开搜查、罪犯乘坐的飞机坠入了相模湾的大海里，等等。但是，他为什么不和我们联系呢?他和妻子也没有联系，这到底是为什么呢?”

“他是不是想独自去寻找儿子呢？您是否也这么认为呢?”龟井感到不可思议，看了十津川一眼。

“我可不这么认为。”

“现在还不这么认为?”

“星野英夫不依靠警察，想独自去寻找儿子，这种心情我完全可以理解。他毕竟是个父亲嘛，会坐卧不安的！但是，既然他想独自去寻找，那么他肯定是找到了线索。”

“我们只想到了关西地区。连我们这些行家都弄不清楚的事情，就凭星野一个人，应该不会那么容易弄清楚。如果他真的找到了线索，就应该求助于警方。”

“照你这么说，他就像个没头的苍蝇似的来回转。我觉得你的分析是站不住脚的。这个星野的行踪太让人费解了。”

“他会不会是罪犯?”

“什么？罪犯?”十津川吃惊地望着龟井。

“是的。设想一下，他有可能在飞机上安装了定时炸弹，让飞机在相模湾上空爆炸。这样一来，全部证人就都被消灭了，他便完完全全地成了受害者。他之所以在这个时候隐藏起来，有可能是为了等待我们公布那七个人是罪犯。他是导航中心的人，我认为他完全有机会在这架飞机上安装定时炸弹。”

“你的这个想法倒挺有趣儿！不过，我还是觉得你的这个推理有问题。”

“那么，你是怎么想的呢?”

“我认为这里面大有文章！所以，我想请电视台做一次‘电视寻人启事’。”十津川严肃地说道。

第十六章 飞向南方

一

十津川请求电视台播放一条寻人启事，要求星野英夫立即同警方联系。于是，全国的电视台播放完每天的新闻节目之后，都要播放这条寻人启事。

为了保险起见，十津川拜托广播电台也播送这条寻人启事。

然而，迄今为止，没有任何关于星野的消息。

“太奇怪了！”十津川皱起了眉头。

“也许是星野整天疲于奔命，无暇顾及这些新闻吧！”龟井说道。

十津川摇了摇头，不同意他的说法：

“儿子成了人质，父亲的态度有些奇怪。歹徒很可能是抓住了他的什么把柄。如果他的儿子在歹徒手里，那么他就只能按照歹徒的要求办事了。不过，他无论如何都应该问问妻子，儿子是否被放回来了。如果他真的关心儿子，就应该关注广播、电视新闻。”

“是的！”龟井很佩服他的分析能力。

“如果不是这样的话，那么星野就可能是罪犯的同伙。他到底和这伙歹徒有什么关系呢？"

"现在还不能确定他是罪犯的同伙。如果他真和罪犯有关系的话，那么他的行为就更令人费解了。他不可能不知道这伙歹徒乘坐的飞机在相模湾上空爆炸的事情，广播和电视里大肆宣传，报纸也出了号外！既然这些歹徒都死了，那么他还有必要履行约定吗？林太一郎部长、机长的亲属，还有'田岛重工'的工程师们都受到过这伙歹徒的威胁，他们一得知这帮家伙死了，就主动来找警察了。只有星野没有和警察联系，这是为什么呢？"

"是啊，他到底在什么地方呢？"

"只能有两种可能性。"

"哪两种？"

"第一，他担心歹徒并没有死，而不敢露面……"

"请稍等一下！"龟井吃惊地看着十津川。

"你怎么啦，龟井？"

"那七名罪犯乘坐那架'JAF2000'逃往香港，结果在相模湾上空坠入大海，这可是事实啊！"

"可是，还没有确定！"

"不是在海上发现了这架飞机上的救生衣吗？'JAF2000'不是脱离了雷达的跟踪吗？难道这不是飞机坠入大海的证据吗？连海上保安厅都默认了这一说法。"

"那两件救生衣也许是在这架飞机超低空飞行时，被飞机上的人扔下去的。驾驶舱的三角窗在飞行时是完全可以打开的。"

"你不承认飞机坠毁了？"

"是的。"

"但是，'JAF2000'的图像在雷达的屏幕上突然消失了，这又作何解释呢？飞机是从 1.5 万英尺的高空迅速下降的，如果有人乘坐的话，这是完全不可能的。但如果是慢慢下降，飞机的图像就不会从雷达的屏幕上突然消失了。"

"确实如此。当时，星野英夫就在导航中心！他也许可以设法把飞机的图像抹去！"

"他会干那种事吗？"

"当然，我是外行，不太懂。你去导航中心问一下，怎么样？"

"好吧！"

"第二，如果'JAF2000'真的坠入了大海，那么星野至今未与我们联系，就有可能是失踪了。"

"请继续说！"

"也就是说，星野有可能知道自己的孩子被关在了什么地方，急忙去找，把报警的事忘到了脑后！"

"可是，罪犯为什么只把关押人质的地点告诉了星野呢？并且，他有可能一听说自己的孩子被关在什么地方，马上就去找了，一整天都没在导航中心。"

"疑点实在是太多了。应该说，星野的失踪非同一般！"

"我们该怎么办呢？"

"你可以去导航中心了解一下情况。我们争取向全国发寻人启事，并展示他的照片。他虽然不一定是罪犯，但他是关键性人物。"

二

晚上 8 点钟左右，一名戴着太阳镜的男子在东海道本线的大垣站下了车，改道樽见线。

第十六章 飞向南方

樽见线是位于大垣和美浓神海之间的全长二十四公里的铁路支线。

在这条线路上，一列由两节车厢组成的内燃机车，平均每天往返十一次。所谓“平均”，是指每个星期六往返十三次，而休息日（如星期日）则减少到十次。

8点25分，这名男子乘坐的列车徐徐地驶出了车站。

现在是暑假期间，所以车厢内很空。

四周暗了下来，只有一轮明月挂在天空中。这名男子的眼睛一直盯着窗外。

开始，这列火车与东海道本线并行，不久就转入了通往北方的一条岔道。

第一个停车站是东大垣站，上下车的乘客非常少。

在樽见线上，大垣站到终点站美浓神海站之间共有十个车站，其中有九个车站很少有上下车的乘客。

这名男子从衣袋里掏出一个笔记本，上面写着“木知原”。

从车窗向外望去，一片片的庄稼地从眼前略过，接着进入了丘陵地带，低矮的丘陵重重叠叠。

这名男子乘坐的列车轰轰隆隆地行驶在山间。到达木知原站时，已经是8点57分了。在这个车站仍无人上车。

和这名男子一同下车的，是当地人模样的一对中年夫妇。

“对不起，打扰您一下。”这名男子向这对中年夫妇打了声招呼。

“什么事?”

“这附近有没有水塔?”

“水塔?”

“啊，就是给火车加水的水塔。”

“好像没有！”

那个女的用手指了一下铁路说道：

“前面有一座水泥盖的塔，好像早就没有人用它了！”

“从这里向前走吗?”

“嗯，好像在木知原站和谷汲口站之间！”

“大概有多远?”

“六百米左右。”那个女人的丈夫说道。

这名男子向这对中年夫妇致了谢，便沿着铁路线向谷汲口站走去。

夜已经深了，明月当空，大地一片银白。正如那对夫妇所说，这名男子走了不远，便看到了耸立在铁路线一侧的水泥塔。

塔身是圆柱形的，大概有七八米高。这个塔看上去确实很长时间没人用过了，上面长满了野草。

这是为了给蒸汽机车加水而造的水塔。樽见线全面通车是在1958年4月。由于现在生产的都是今天这样的气动机车，所以这座水塔就没有用处了。不过，在勘察、设计樽见线的时候，气动机车还处于试行阶段，所以在当时，也就是1955年，在所有的非电气化支线区内还是按照C63型的蒸汽机车设计的。后来就不再制造这种蒸汽机车了，全都改用内燃机车了，但也许是考虑到这种水塔对当时尚在应用的C63型蒸汽机车有用，所以才坚持修建了它！

由于要承受数吨水的压力，它的水泥墙壁厚而坚固。

在塔的根部有一座铁门，可以从这个门进到塔里进行检修。但不知为什么，这个铁门被人用水泥封了起来。

这名男子站在这座水塔前面，大声喊道：

“英司！喂！英司！”

他的声音划破了夜空，在空旷的山野中回响。但是，他的呼喊没有得到任何回应。

于是，他脱下鞋子，把鞋子抓在手里，用力敲打着水泥塔的塔身。除了沉闷的敲击声以外，听不到任何声响。

“英司，你如果在里面，就赶快回答！”那名男子大声喊道。

然而，无论他怎么努力，都没有从神秘莫测的塔身里传出声音。他无力地依着水塔坐了下来。他想去找人，可周围一个人都没有。怎么办呢？

这名男子陷入了深深的苦恼之中。突然，他看到了一列火车亮着灯由远而近地驶来。

他刚才乘坐的那列火车从终点站返回来了。

他脱下西服上衣，拿在手里，叉开双腿站在铁路线上，向开过来的火车拼命地摇晃着。

三

传来一阵刺耳的刹车声，火车迅速地停了下来。司机从车窗里伸出了脑袋。

“你要干什么？知道你站在哪儿了吗?!”司机愤怒地骂道。

“请帮帮忙吧！”这名男子带着哭腔说道。

“帮什么忙？”

“我叫星野英夫，今天的新闻中播过我的名字。”

“嗯，想起来了，我刚才在美浓神海的电视里看到过你的照片。”火车司机一边说，一边用手电照了照星野的脸。

“我想求您帮个忙。”

“是不是帮你救儿子?”

“是的。我儿子被关在这座水塔里了。”

“什么，在水塔里?”

“是的。这座水塔的铁门被水泥堵住了，怎么也弄不开。”

“你干吗不找警察呢? 我一到美浓本巢，就给警察打电话!”

“那就拜托了!”

四

龟井来到了导航中心。

这里的导航员十分紧张地盯着巨大的雷达荧光屏。

龟井找到了导航中心的一色主任，希望能从他那里了解到一些情况。

“雷达的荧光屏旁边的那个打字机模样的机器，叫什么呢?”

“啊，那是计算机。”一色微笑着对龟井说道。

“怎么使用计算机呀?”

“用雷达观察飞机，只能看到一个点。无论是何种飞机，都只是一个点，很难区分。如果是很多架飞机，那么在雷达上显示的就是很多个分散的点。将雷达与计算机连接起来，就可以解决这个问题。”

“怎么解决?”

“我现在就可以把成田机场的飞机用这台计算机全部显示出来。如果导航员想了解一下二十分钟之前起飞的全日航空公司的408 号班机的情况，那么按一下相应的键就可以了。这样，在雷达的屏幕上可以显示出点状的图像，同时，在计算机上可以打出文字来。”

“原来如此！”龟井点了点头，“那么，如果在这上面做点儿手脚，是不是可以使出现在荧光屏上的飞机图像在一瞬间消失呢？”

“完全可以。”一色主任毫不犹豫地点了点头。

“真的吗？”

“是的。在美国的肯尼迪机场就发生过这种事。从国外飞来的一架载有重要人物的专机即将降落时，其图像突然从荧光屏上消失了。结果由于导航失败，这架飞机坠毁了，引起了大火和爆炸。”

“到底是怎么回事？”

“后查明，一名被怀疑是间谍的导航员在计算机上做了手脚，导致了事故的发生！”

五

龟井从成田机场返回之后，向十津川汇报了这一情况。

“导航员星野的情况弄清了，是他在与雷达连接的计算机上搞了鬼，致使‘JAF2000’在飞临相模湾上空时，其图像在荧光屏上突然消失。听了专家的介绍之后，我感觉这种鬼把戏是很容易做到的，可以把这套程序事先编排好。虽然没有证据证明这就是星野干的，但他最可疑！”

“真的吗？罪犯会不会因此而把他的儿子抓起来当人质呢？”

“当然！星野应该知道罪犯还活着，所以才没有同我们联系！”

“这么说，罪犯乘坐的那架飞机早就到了香港！”十津川不禁咂了咂舌。

他们原本要与香港方面联系，请求他们将“JAF2000”扣住，但听说它已在相模湾上空坠毁了，便放弃了这一打算。现在，十津川懊悔极了。

“请上级部门立即与香港方面进行联系！”

十津川慌忙站起身来，向本多科长报告了这一重要发现。

“我会向刑事部的部长申请的。最重要的是，星野在什么地方?”

“不知道。但我认为，他在计算机上捣了鬼之后，会完全按照罪犯的指示行动。”

“太奇怪了！罪犯答应他，只要他在计算机上搞点儿名堂，就放回他的孩子，这是可以理解的。但是，他们只是含糊其辞地拟订了个协议，星野居然就这么干了！既然他已经这么干了，那么就无须担心罪犯会不守信用，不放他的儿子了。在我们进行公开搜查时，他应该和我们联系呀！他应该告诉我们，他的儿子具体被关在了什么地方……”

“那倒是！”

“但这正好说明，星野在干这事之前，肯定去过关押他儿子的地方。而且，只有看到了儿子，他才会听从罪犯的安排！”

“我认为，罪犯在到达香港时才会把他儿子的关押地点告诉星野。所以，他与其告诉警察，不如自己先去看看。”

“不管怎么说，罪犯都会在他们认为合适的时候告诉星野的。他们可以答应他，到达香港之后，打国际长途电话通知他。”

“不过科长，星野家的电话没有开通国际长途业务。当然，他可以在某个饭店里等待事先约好的国际长途，对方会告诉他具体地点。可是，星野的照片在电视节目中播放了，饭店里的人认出他之后，是会与警察联系的。而且，从香港打来电话之日，便是罪犯平安到达香港之时，这一点恐怕谁都清楚，所以我认为他不会去干这种冒险的事。”

“那么，他们到底会怎么处理这件事呢?”

正当本多百思不得其解的时候，电话铃突然响了。

“请稍等一下!”本多拿起了电话听筒。本多面部的肌肉松弛下来，两眼闪着兴奋的光：

“樽见线的谷汲口附近? 噢，从大垣出去的! 叫星野的导航员! 什么? 人质被关在水塔里? 我们马上就去!”

“找到星野和人质了?”

“嗯，是这么说的。快把地图拿来!”本多说着，放下了电话。

十津川很快便拿来了一张《日本中部地图》。

“从大垣到谷汲口大约有二十二公里。从大垣到关押三百九十七名人质的新垂井有八公里。加起来共三十公里!”十津川惊叹道。

六

用速干水泥封闭的塔门终于被打开了，前后共花费了将近一个小时。

当拿着手电筒的警察从这个刚刚被打开的门钻进去的时候，这八名人质已经精疲力竭地躺在那里了。地上有一盏煤油灯，早就灭了。他们很快就被抬上救护车，运到了大垣医院，其中确实有十二岁的星野英司。他的父亲也上了救护车，与他们一同去了医院。

在这座水塔里，罪犯没有留下一点儿水。一种发霉、腐烂的气味儿与这八个人的排泄物的恶臭混合在一起，充满了整个水塔。

这座水塔的入水口被他们用速干水泥封死了。

“也许再晚发现一天，这几个人就没命了！”一名巡视水塔的警察说道。

樽见线是一条残留的支线。这座水塔是樽见线上被遗忘的角落。在这座蘑菇似的水塔附近，连一户人家都没有，就算有火车经过，从水塔里传出的呼救声也会被巨大的车轮声淹没。

十津川和龟井赶到医院时，已经是凌晨两点了。他们是乘火车到达静冈站之后，转乘出租汽车赶到大垣的。

医院里的医生说：

“八个人都没有生命危险，但都极度虚弱，需要静养，最好等到天亮之后再问他们问题。”

十津川径直来到了医院的接待室，找到了星野。

星野得知自己的儿子平安无事，松了一口气，对十津川说：

“实在对不起！”说完，深深地鞠了一躬。

“在计算机上捣鬼的是你吧！”

“您全都知道了？”

“对。但一开始，不只是我们，就连成田机场的导航中心、海上保安厅、航空自卫队的人都深信‘JAF2000’坠入了相模湾的大海！托你的福，这伙歹徒顺利地逃到了香港。”

“对不起！我的孩子成了人质，我是不得已才按他们说的办呀！”星野面容憔悴。

“你怎么辩解都没用。嗯，我们很想知道，你是怎么从罪犯那里得知，你的儿子被关在樽见线的水塔中的。”

“是那个命令我在计算机上捣鬼的男人告诉我的。他说晚上8点25分之后，就能知道我的儿子被关在什么地方了。他要求我在此之前不对警察说任何事情。”

“晚上8点25分？那是为什么？”

“罪犯就是这样说的。他让我在计算机上捣鬼之后，就去名古屋。在名古屋站前面，有一个S通用航空公司的营业部，在那儿等到8点25分，就会收到一张写有‘田中英夫收’的邮单。因此，他要我买一个‘田中’的印，去取那个邮件。我儿子被关押的地点就在这个邮件里。于是，我按照他们的指示来到了名古屋，把那个邮件取了回来。”

说着，星野从上衣口袋里掏出一个褐色的信封，让十津川看。

上面写的收信人是“名古屋市中川区西目——田中英夫”；发信人是“东京都新宿区丁目——铃木功”。里面装的是一本杂志和一张便条。便条上写着：

在樽见线的木知原站下车，沿线路可以走到一座水塔前。你的儿子就在水塔里。

七

“根本就没有收信的这个人！”岐阜县警察署的一名刑警说道。如果真是这样的话，那么这个发信人也是胡编的。

“那么，让他去这家S通用航空公司也是为了拖延时间了？”

“对！这是一家营业范围非常大，覆盖了全日本的航空货运公司。据说，上午11点以前从东京的营业所向名古屋发货，当天下午5点25分便可以到达。"

"有没有服务上门的业务?"

"有这个业务。只要提出申请，就可以上门取件，但要第二天早上才能到，当天是到不了的。"

也就是说，一名罪犯在前一天上午11点之前将这个邮件送到了东京的营业所，然后去了成田机场，与同伙一起乘坐了那架飞机。

这时，天已大亮，这八个人恢复了体力，可以接受警察的询问了。

这八个人当中，有五个人是"神秘号"列车的乘务员，另外三个人是人质。这五个人说，8月9日早晨，他们被这伙歹徒在新垂井站弄下车，关进了这座水塔。

当时，水塔底部的铁门还未用速干水泥封上，而是由一名歹徒持枪看守。不久，这伙歹徒又带进来三名人质，然后用水泥把门封死了。这伙歹徒十分友善地告诉他们，他们将在10日晚上被放出去。

"于是，我们等到了10日晚上。再晚一天，也许我们中就会有人丧命——这孩子身体非常弱。""神秘号"的司机中村正人对十津川说道。

这八个人都见过那七名歹徒，所以十津川和龟井取出那七个人的照片让他们辨认。果然是他们！包括高野正之在内的七个人是罪犯!

问题是他们已经顺利到达了香港，并且持有他人的护照。仅凭这一点，他们就完全可以从香港逃往其他国家。

十津川立即和在东京等候消息的本多科长通了电话。

"这八名人质都恢复了体力，确认了那七名罪犯。如果我们早一些下手的话，就不至于眼睁睁地看着他们跑掉了！太遗憾了！”

“那么，你就带着人去香港把这几名罪犯带回来吧！”

十津川不禁大吃一惊：

“怎么，他们在香港被捕了？”

“是的。刚才外务省来了通知，说这伙罪犯在香港机场被捕了。”

“可是科长，我们认为‘JAF2000’已经坠毁了，就没有和香港方面联系呀！”

“是啊！”

“他们是不是因为使用了别人的护照才被捕的？”

“不！包括林太一郎部长在内，统统被捕了！”

“以什么罪名逮捕的？”

“走私毒品。”

“嗯？！”

“情况是这样的：飞机在香港机场降落之后，在他们的座位下面发现了几包海洛因，他们因此而被捕了。”

“是谁把那几包海洛因放到他们的座位下面的？”

“也许是飞行员中尾，或是林太一郎部长吧！他们作为人质，只能顺从地飞往香港。他们要想脱身，唯一的办法就是让自己也成为罪犯。香港方面一旦发现了毒品，就会将全体人员逮捕。这样一来，他们的目的不就达到了吗？对我们来说，真是天赐良机呀！”

“可是，如果按走私毒品罪逮捕他们的话，把他们引渡回国是十分困难的。”

“关于这一点，我们已经通过外务省向香港方面进行了说明。你在去引渡这伙罪犯时，再好好解释一下吧！”

一周之后，好不容易取得了香港方面的谅解，十津川决定带领七名助手飞往香港。

太阳烈焰般地在机场上空燃烧。此时的香港大概更加炎热吧。

自从8月8日深夜，由东京站出发的"神秘号"列车及四百名乘务被劫持之后，虽然还不到两个星期，但十津川却仿佛度过了漫长的岁月。

"想一想，这可是第一次和罪犯见面啊！"十津川苦笑着对前来送行的本多说道。

"是啊！我们和他们从未谋面！"

"和这样的男人'约会'，可真是件有趣的事呀！"

ミステリ－列车が消えた

西村京太郎

本书译自日本新潮社 1990 年版